U0438845

东国
十八日记

王瑞智 著

人民文学出版社

作者的东国旅行日记本

给猫咪花花,记念我们一起在蔚秀园的日子

目 录

1	"山东大熊"的修学旅行	新井一二三
6	法师温泉的来信	止庵

1	十一月九日［土曜日］	东照权现，林子祥咖啡
6	十一月十日［日曜日］	地震，日本巴洛克
10	十一月十一日［月曜日］	另一个台东区，去镰仓
15	十一月十二日［火曜日］	原节子，北镰仓，钱汤
25	十一月十三日［水曜日］	镰仓海岸，前田邸
35	十一月十四日［木曜日］	佩里与开国
43	十一月十五日［金曜日］	到了修善寺
53	十一月十六日［土曜日］	赖朝与政子，卡拉OK

63	十一月十七日 ［日曜日］	习大大，韮山反射炉
73	十一月十八日 ［月曜日］	日本平，海上富士，吃累了
80	十一月十九日 ［火曜日］	下田餐叙，奶牛
89	十一月二十日 ［水曜日］	茅崎馆的天花板，椰树叶
96	十一月二十一日 ［木曜日］	三岛由纪夫果子，石廊崎
104	十一月二十二日 ［金曜日］	文士汤，武士汤
112	十一月二十三日 ［土曜日·祝祭日］	伊豆诸岛—东京
118	十一月二十四日 ［日曜日］	跳蚤，《浮草》与昭和馆
125	十一月二十五日 ［月曜日］	天妇罗，居酒屋
134	十一月二十六日 ［火曜日］	新建筑，飞机上的高仓健

141　后记

"山东大熊"的修学旅行

新井一二三[*]

1

我认识王瑞智有差不多十年了。当年,他刚接下《万象》杂志来,经原三联书店总经理沈昌文先生介绍,跟我联系约稿。记得某一晚,我在北京前门外饭店的家庭套房里哄着哭闹的孩子,接到了他打来的电话,当时透过玻璃窗看得到对面的光明日报大厦。可惜的是,我第二天早上就要飞回日本,没有时间见面谈事,只好在电话上讲几句罢了。后来,通过几次越洋电话,也交换了多次电子邮件,终于第一次见面,好像是二〇〇七年春天的事情。在北京城刮沙尘暴的季节,我带着三名家属走进位于隆福寺的娃哈哈酒家小房间,他笑着指一指自己说,没想到我这么胖吧?胖,我并没觉得他特别胖,倒是觉得:这个人岂不是名副其实的山东大汉?

---
[*] 新井一二三:日本作家,日本明治大学教授。

后来，位于北京大学蔚秀园的《万象》编辑部，我带家属去了两次。那时，我的两个小孩儿都还很小，去哪儿都一手牵一个的。他们对老四合院里养的猫咪花花儿印象非常深刻，在我们家凡提到王瑞智，都会说，那个养花花儿的哥哥。孩子们说是哥哥，其实瑞智没比我小几岁，本来叫叔叔才合适的。可是呢，他这个人给人的印象好比是布做的大狗熊，不是小熊维尼，就是帕丁顿熊的样子，若称他叔叔则感觉有点不对头。据说是在青岛吃海鲜长大的，念的却是内陆合肥的中国科技大学，怎么想到漂来北京编人文杂志？不料，我还没来得及问清楚之前，大熊开始经常出国旅行了。

最初听说他去了土耳其和伊朗，后来又听说去了柬埔寨和德国，然后是马来西亚的婆罗洲、马六甲、槟城，还有希腊群岛和意大利各地……而且每次启程之前都阅读大量有关目的地的资料，然后一去就是好几个星期；显然跟众人去度假、观光、采购名牌不一样。那么，他到底去干什么？转眼之间，大熊的路线也延长到了我的老家日本，果然他去了连日本人都很少去过的和歌山县纪伊半岛，包括海拔一千米的佛教密宗城市高野山。那一次，他下山以后，到东京我家来，给我们看看在各寺院收集的"御朱印"，讲讲在小食堂尝到的当地风味（如鲸鱼刺身），洗到的露天温泉，交到的日本朋友等。叫我们最吃惊的，是他还在路上买到了几十年前的可口可乐木箱，而且说要拎着回北京去。后来，我去他在段祺瑞执政府旧址院子里开的花生咖啡馆确实看到了那个古董木箱。

那只是第一次而已，没有几年工夫，他似乎已经来了三次日本，去了很多我都没有去过的地方。例如，本书里讲述的伊豆半岛，我虽然小时候跟父母兄妹去过几次热海温泉，回家的路上每次都停在茅崎海鲜中心享用了美餐，但是小津安二郎常住的旅馆、川端康成《伊豆舞女》的背景、三岛由纪夫跟家人避暑的海滩以及买甜品（而且跟普鲁斯特名作《追忆似水年华》里的小道具一样是玛德莲蛋糕！）的西饼店等，都从来没去过。绝对不是我对那些地方没兴趣，而是偏偏因为离家不远，总以为机会有得是，不必稀罕，结果反而拖了又拖，很难实现的。

虽然我从来没问过大熊，做这么多次旅行到底干什么，不过，看了这本书，总算有点理解了。他花很多时间去了解各景点的历史和有关的文艺作品，也花一样多的时间去研究当地的交通和住处等旅游攻略。然后就是一天又一天，自个儿泡温泉，看电影，坐慢车，想历史，写日记。其认真程度与其说是放假，倒不如说像成年背包客的修学旅行。大熊在上世纪六十年代的中国出生，年轻时候没有条件出国游览。果然，有了条件以后绝不想浪费机会的。所以，他在本书记录下来的旅行，总有点给自己曾经失落的青春补课的感觉。

我之前没想到，一个不会日语的外国人竟然能够独自走到日本社会的各个角落去。这当然是有了网路向全世界传送资讯以后方才可能的。大熊住的不是五星级饭店，而是小旅馆、民宿，更能接触到日本老百姓的真实生活。他也不是吃大餐，经常是吃吉野家的牛肉丼、便利店的豆沙面包了事，可那正是日本庶民的家常便饭呢。好在去哪儿都一定找得到月桂冠清酒口杯，不让他怀念北京的"小二"。

正如俗话说，"旁观者清"，我们的山东大熊在路上看到很多日本人自己都注意不到的时代风景。他第一次来日本时候就问我，日本除了东京、大阪和京都东部以外，其他地方人很少的，都去哪儿了？他注意到此间所谓"少子高龄化"导致社区消灭的现象，显然比当地媒体的记者还早。

最令我捧腹大笑的是：大熊在东京被朋友带去一家居酒屋，在那儿工作的中国姑娘说，在日本呆久了，人都变得傻了。原来在当代中国人的眼睛里，日本是傻瓜的天堂；所以，平时为了生存非精明不可的中国人，来日本就可以放松一下。山东大熊来日本，在勤勉修学旅行的表面下，如果能舒口气，使自己的身心放松一下，恢复日后继续奋斗的精力；我作为傻瓜国民之一，觉得很荣幸，也蛮高兴。怪不得他那么爱泡温泉，坐慢车，这些都是经济发达国家人民休闲时的标准项目。

大熊在各地跟日本人进行笔谈，写的该以汉字为主吧。只是，在中国汉字和日本汉字之间，却存在着一些不同。例如，日本汉字里没有"逛"字。山东大熊王瑞智以修学旅行般认真的态度逛逛日本，看到许多当地人忽视的细节，使这本小书充满着别人还没来得及写下的最新日本实况。既然如此，我都好期待以后看到一整套大熊逛世界写下的旅游文学。

法师温泉的来信

止庵*

瑞智兄：

我在群马县最北边的法师温泉长寿馆给你写这封信。谈及自己在日本旅游的体验，我曾说过两句话：去偏僻之地，住日式旅馆。现在我待的就是这么个地方。我还说，我到日本各处，觉得通新干线的往往不如只通JR的，通JR往往不如只通私铁的，通私铁的又往往不如只通巴士的，总之交通越不便利，目的地越值得一游。今天我从上野乘JR到高崎，换乘JR到后闲，换乘巴士到猿京温泉，再换巴士到这里，要算是来日本多次最费周折的一段旅程。

法师温泉在深山里，只有长寿馆这孤零零的一处建筑，四外冰天雪地。进大门看见悬挂着"日本秘汤守护会"的灯

---

* 止庵：作家，书评人。

笼，该会名录上共有一百七十八个秘汤，我还是头一回领教。旅馆共有三处温泉，分别叫长寿的汤、玉城的汤和法师的汤，末一处是混浴。木制房子美轮美奂——我用这话是取其本义，即高大美观，介绍上也说是"鹿鸣馆式的建筑"。温泉水质很好，池底均铺着黑色的石子和石块。我住的是八铺席的房间，这种老式木质建筑晚上有点冷，我是伏在被炉上写的这封信。

写到这里，我又去泡了一趟温泉。回来重看上面一段文字，思路有点接不上茬儿了。莫非我一时兴起，想作一篇游记么？说来我从未写过这路文章，甚至对游记这一体裁一向有些质疑。好在此番是信笔由之，我就先来说说这个罢。

在我看来，写游记容易犯的毛病，第一是自以为是。旅行好像很容易给人提供一个拿自己太当回事儿的机会。我们常笑话有些人所到之处必得留下一句"某某到此一游"，去埃菲尔铁塔等景点看看，各种文字写的类似留言比比皆是。其实动辄写游记者与此是同一种心态，好像兹事体大，不著录下来于己于人有多大损失似的。我最怕的就是自家兴高采烈，旁人莫名所以；我们写文章的，还是应该置身事外看看值不值得一写。

第二是夸大其词。人不出外看看，容易"坐井观天"；出去了呢，又容易"以管窥豹"。说实话，旅行虽然也算得不同文化之间的交流方式，但却是最肤浅、最局限的一种。然而游客来到一处，有点一己的经验，往往以为对于一个国家或一种文化已经全面深入了解；有点一己的感想，也会放大为对这个国家或这种文化的总体评价。前些时我写文章说，这好有一比是盲人摸象，摸着腿的就说大象只是条腿，没摸着腿的便不知道大象有腿。

第三是多此一举。或者说，游记诚然容易有上述两样毛病，但若写写旅行攻略，亦可供他人参考。最早我来日本旅游，也是带一册 Lonely Planet 编的《日本》随时查阅。但如今网络发达，信息不仅丰富准确，而且随时更新，此类旅行攻略也许应该更换一种发布方式，例如建立一个类似 Google 地图的网页，随时提供最新的信息。举个例子：我曾从旭川乘 JR 去稚内，然后换海船到利尻岛，查 LP《日本》，只写着"东日本渡海船（Higashi Nihonkai Ferry，电话 23-3780）从稚内出发开往利尻岛（￥1980，1 3/4 小时）"。光靠这点信息无法安排行程，而打电话对我来说也不现实。我就去查相关网站，知道要乘坐的 JR 特急スーパー宗谷 1 号九点十六分从旭川发车，到稚内是下午一点；而我所去的五月二十一日至九月三十日这段时间，稚内到利尻岛鸳泊港每天有三班船，对我合适的一班下午四点半出发，六点十分抵达。于是一切问题都解决了。

这次我来法师温泉，接着还要去更北边的"雪国"越后汤泽温泉，顺手带了一册川端康成所著《雪国》，打算重读一遍。我记得他也说过这样的话："也许用一个旅行者的目光来描绘一片不熟悉的地方几乎接近于不可能。就我在旅行时的经验，阅读着那些描写我所到之处的小说和随笔，大多感到的是失望，而写错的地方也意外的多。总的来说这些描写让人感觉肤浅。"（《独影自命》）即以我此时所在的法师温泉而言，上网一查，就知道有那么多人来过、写过，我无论说什么都已不是独家秘闻，更难免肤浅之讥，所以也就不必辞费了。

我给你写这封信，本是出行前读了尊作《东国十八日记》，打算谈点感想，以上所说却仿佛故意泼冷水似的，其实不然。只要意识到可能存在以上三种毛病，不自以为是，不夸大其词，不多此一举，那么游记未必不能写，也未必写不好。孔子说"从心所欲不逾矩"，关键是知道"矩"在哪里，而以"不逾"限制自己，在此范围之内就能"从心所欲"。仍以盲人摸象为喻，摸到什么就老老实实说是什么，不以偏概全，这样的话，摸与说都无甚不可。你在《东国十八日记》中写的正是这样，始终限于一己经历，一己感受，不人云亦云，不夸饰渲染，也不以介绍那些实际上唾手可得的信息为己任，我喜欢读这样的游记。

因为你写的是日本，我又正好在这里，所以不妨再说几句。我觉得，除了那些值得一看的自然景观和人文景观，乃至一应风土人情之外，来日本旅游的好处一是舒适，二是便捷，三是安全。说来这也不值得怎么称颂，只是一个正常社会本来就有的现象而已。我去欧洲、北美旅行，也每每有置身正常社会的感觉，虽然若论具体内容或与日本有些差异。而对我们来说，一个正常社会还是非常令人向往和羡慕的。

夜已深了，就写到这里罢。

止庵拜

二〇一五年一月二十日

[附记]

《东国十八日记》中,二○一三年十一月十九日一则写到与我相逢。这里抄呈同一天我自己的日记,彼此详略不同,但亦有可资对照之处:

"十二时零四分从伊东乘伊豆急线往下田,下午一时十五分左右抵。将行李放在所订旅馆'泉庄',与老板约定有客人来吃晚饭(事先已与王瑞智约好)。逛街,在本觉寺门口遇王瑞智,一起去了仙寺(日美下田条约签定地),参观宝物馆和黑船美术馆,又走到佩里舰队登陆纪念碑,沿大川端通走过みなと桥,到弁天岛,即当年吉田松阴欲偷渡佩里黑船处。又去玉泉寺(最早的美国总领事馆),已是落暮时分。乘巴士到伊豆急下田站,在超市买新潟产'菊水の辛口'一瓶。回旅馆。给了我们相通的两间房,各八铺席,一名'胡喋',一名'ダぎ',其间的隔间三铺席。大概因为有客来访,吃饭休息互不干扰,然而仍是原来的价钱。室内有个小'汤'。泡温泉。六时半王瑞智来,请他先泡温泉,然后三人各着浴衣,在房间内吃饭、喝酒、聊天。他十时走,付旅馆五千日元。十二时睡。"

十一月九日（土曜日）

东照权现，林子祥咖啡

早上七点五十分的达美航空，北京首都机场 T2 航站楼飞往东京成田机场。

五点起床，五点四十分上出租车。北四环路出了点小事故，到 T2 已经是六点二十分。柜台登机牌发没了，让我到登机口再取。拿到经济舱第一排，靠过道，最好的位子。晚上睡了不到三个小时，困得很，机上吃过饭就睡觉了。这条线路，两年前曾经飞过，当时座位靠窗，一路看得很清楚，北京—山东半岛—首尔—能登半岛—枥木，到千叶上空转一个九十度的弯,降落下去,就是成田机场。

调到东京时间。

十二点十分出关,人少,很顺利,不像首都机场总是熙熙攘攘。成田到浅草的车票,价1240日元。

浅草地铁站是有年头的旧车站,扶梯直梯不是很齐备,提着箱子上下比较累。从地下钻出来,由南向北横穿雷门通的五叉路口,眼睛自然地先是向左,然后向右扫了两下。左边路南一座别致的错层新建筑,右边是著名的朝日啤酒泡泡,泡泡后面是东京新地标天空树。有点莫名兴奋,竟忘了刚才提箱子的累。

在东武浅草站乘车去日光,先买了普通票,1320日元,时间不合适,只好又加了1000日元,改坐快车。东京的城市发展,最有话语权的就是各个铁路公司,每家公司掌控着一条线路或者几条线路,线路两侧的某些地块开发也归他们。铁路公司在重要的线路节点兴建大的SHOPPING MALL,汇集人流,形成商圈。东京长成什么模样,几乎就是由轨道线路往何处延伸来决定的。东京现在最高的建筑——天空树,就是东武公司的项目。他们还参与推介开发沿线的旅游，开往日光的列车座位后面的口袋塞满了东京日光一线的旅游资料，任由自取。

十五点开车，一路向北，穿过隅田川和荒川。一色平野，后来渐渐有了一些丘陵；再往北，看见大山的轮廓，日光到了。德川家康的墓所就在男体山的山根，位置由政治和尚天海大僧正选定，家康的"权现"神号也是天海的作品。家康去世后，神号究竟选择"明神"还是"权现"，谋士们争来议去。天海一句"明神是丰臣秀吉用过的名号，大不吉"，就干倒了对手，另一个政治和尚——"黑衣宰相"崇传，德川家康就成了"东照大权现"。

十七点到日光，天已经黑下来。日光不大，东西主干道一长溜，东头是东武日光车站，西头是东照宫神桥。路两边有一些小店，羊羹、杂货、咖啡、土特产，都是面对游客的。一路上坡，走了半小时，到上州旅馆。

客房在二层，八叠和式，宽敞。不过窗外是主路，时有汽车经过，有一点吵。

第一天预订的一泊二食，价7500日元。晚饭八九种碗

日光的商店

碟，里面盛着金枪鱼刺身、煎烤三文鱼、虾、冬菇、汤波（一种豆皮，日光的特产豆制品）、蔬菜天妇罗、渍物等，分量小巧雅致，最大份的是牛肉乌冬锅；喝了一小瓶清酒。吃过饭，去旅馆东边一家咖啡馆喝了咖啡，老板酷似林子祥，兼营古董店，还特意打开边门，让我去看他的宝贝。除了日本的旧东西，还有一些欧洲淘来的玩意。林子祥咖啡不便宜，一杯600日元。

回到旅馆，泡汤。汤水有淡淡硫磺味道，身上滑腻腻的，解乏。

十一月十日（日曜日）

地震，日本巴洛克

似醒非醒，整个屋子连续地晃了几下。地震了？爬起来，看了下时间，六点半。连忙打开电视，NHK 正在插播地震信息，震中在东南边的栃木千叶接壤处，日光的震级是三级。

八点下楼，早餐已经摆好了。老板娘一个人坐在角上，静静地看电视里的地震播报。

雾气很大，空气水汲汲的。

上州旅馆离神桥很近，向西走两三分钟就到。大谷川上的雾气，顺着水流，飘过暗红色的神桥，较阳光明媚时更有一些捉摸不定的意思，很适合拍照。

沿着柏油路向上走，穿过一过街地道，上台阶，出口框出一幅天然的红叶屏风。日本人在寻常之处营造美的能力，不得不佩服。

日光有列入世界文化遗产目录的"日光的社寺"，两社一寺。两社是东照宫、大猷院，一寺是轮王寺，大猷院附属于轮王寺。这一组建筑，是东国武士在日本历史上达到最高荣耀的证物。江户时期，每年例行的东照宫祭祀，是幕府最重要的典礼之一，各地大名都要参拜奉献。

轮王寺的金堂三佛堂正在落架大修，要二〇二一年才能完成。整个修缮工程装在一个巨大的封闭钢架立方体内，游人可以在七层高的环形回廊观看实时的修缮过程，了解木构古建的机理，此环形走廊还被列入"期限限定的日光新名所"，名叫"天空回廊"。轮王寺周围的红叶，让人爱不释目。这里的海拔有634米，与东京天空树一样高，叶子红得比东京早。

清末王韬在《扶桑日记》中提到过日光东照宫："穷土木之奢侈，极金碧之辉耀，几于竭天下之力以奉一人。"来之前，也听止庵感叹东照宫的富丽堂皇。不过，真站在这儿，

日光秋色

却一点也喜欢不起来。东照宫的建筑除了金碧辉煌，实在乏善可陈。大凡在结构（体制）上无法创新突破，就只能在装饰手法和装饰材料上做文章，玩玩贴黄金镶宝石的花活，极尽繁琐复杂之能事，我称其为"日本巴洛克"。国宝奥宫"睡猫"更是一个噱头。家康墓所在东照宫的最高处，排队上去，绕着灵塔转一圈。中午，雾散，太阳出来了。

东照宫正在办菊展，硕大的菊花平铺在白纸上，倒是第一次见到。德川家康的孙子家光墓所大猷院，缩小简约版的东照宫。家光是家康宠爱的孙子，隔代亲。

二荒山神社，有WIFI，真是与时俱进的神社。

日光两社一寺的生意经念得都不错，三五七诣、婚礼、葬礼、各种法物纪念品。神社掌管生，佛寺超度死，各管一段，从生到死，一条龙服务。

御朱印三枚，各300日元，共900日元。

午饭，豆大福一个。德川墓所，购睡猫绘马一个。

相比那些贴金贴银的房子，还是漫山红叶可人。

转到天黑，差不多走了六七公里。第二天在上州旅馆只订了一泊朝食，晚饭去吃广岛连锁烤牡蛎。

十一月十一日（月曜日）

另一个台东区，去镰仓

从日光回浅草，仍坐东武线。计划下午去镰仓，中间留有几个小时在浅草隅田川看看。

东武浅草站还是一商业中心，把行李寄存在商场宅急便，价格比东武的自助储物柜还便宜。

浅草，据说是东京还保有江户风情的地区，其实是高楼不多的另一种说法。从浅草寺雷门开始，一直延伸进去，两边都是一格子一格子小摊贩。雷门大灯笼名头很大，不过这段时间摘下来去修理了；只有一张灯笼打印照片挂在那里，两个女中学生在照片前摆POSE拍照，很卡哇伊的模样，并不在意是灯笼还是照片。

前天看到的那栋错层房子，是隈研吾设计的台东区文化中心，外立面用竖状细木条，层与层之间有间错，像是摞起来的日本町屋。文化中心高度体量合适，没有对浅草寺雷门造成压迫，彼此关系处理得好。从文化中心的二层看雷门，角度最佳。我自小就生活在另一个台东区，青岛市台东区，自然对这个也叫台东的区有一种亲近感。不过，我的台东区十几年前就给撤销合并了，国内城市摊大饼，发展是硬道理。

午饭是一碗海鲜丼，在浅草寺东边的窄巷子里。

天气好，心情舒畅，沿吾妻桥，过隅田川。胜海舟的铜像就在河边公园里，佩刀武士打扮，面部看不清楚，手指向西南。铜像上方不远就是高速公路，一辆一辆的汽车呼啸而过。海舟是德川家旗本出身，曾学习兰学，参与蕃书翻译出版，创办海军传习所，与福泽谕吉等第一次横渡太平洋，护送使节到美国。幕末时期，政局诡谲，胜海舟在幕府、尊王党中间周旋得游刃有余。他在上野山游说西乡隆盛，放弃武力攻打德川庆喜，使江户"无血开城"。据说甲午时，他还反对日本与清国开战。

胜海舟像旁边就是隅田川的地标，黑色的朝日啤酒杯，顺着啤酒杯的转角曲线看上去，金色泡泡的尾巴俏皮地留在蓝天里，一新鲜小屎巴橛的模样。

浅草线到上野，换山手线到东京站。横须贺线在东京站的地下一层，乘车到镰仓，票价890日元。

横须贺线，已经在小津安二郎和成濑巳喜男的电影里坐过很多次了。电影里的人物住在镰仓或者北镰仓，在东京或者横滨上班，来来回回。相比半世纪前的燃煤机车，电车先进了许多，没有了蒸汽煤烟和汽笛声。电影人物上车就会拿出报纸书籍来阅读；此时乘客都在看手机。车厢里有堺雅人为软银做的一组广告，半泽直树用各种表情看着你。

一小时到镰仓，走出镰仓车站，就像《山音》里的信吾一样，下班回家。

预定的民宿龟时间，在镰仓东南海岸的材木座，搭公交车过去，票价170日元。

这是一间几个青年人合开的青旅味道的民宿。只有三个房间，最多可以住十四个人，最长只能住七天，房间里不能进食。公共空间是亮点，宽敞，有各种茶包免费提供。

我在镰仓的"本阵"——民宿龟时间

厅堂中间一个燃气炉，烘得暖暖的，炉子上放着一只烧水壶，周期性地发出水开了的吱吱声。整个旅舍的设计感很强，注重细节就不说了，这是日本人的专长；还添加了不少南亚和东南亚的元素，看得出主人们跑过不少地方。不方便的是洗澡，仅有淋浴，还是一个小小的淋浴间，水量小，温度也不稳定。值班的女将二十多岁，很热情，穿着东南亚风的衣服，梳着高耸的发髻，比花生咖啡馆小妹的发髻还要高一二厘米，文青加波西米亚的调调，与普通的日本女生不一样。女将用不太流利的英语告诉我，不远处有一家钱汤（公共浴室），可以到那里去泡澡。来镰仓之前，在网路上订旅馆颇费一番周折，镰仓市区合适的旅馆真是少，不知道是什么原因，或许是大多数游客只是从东京过来一日游吧。镰仓东边相模湾湘南海岸一线，旅馆就多了，夏季那里是度假胜地。

　　拿到一张宣传单，上面说有关于原节子的展览，意外之喜，明天先去看原节子。

　　龟时间位于居民区，要走出好一段才有一二家食肆。天黑得快，就不想出去了。把在镰仓站超市买的便当拿出来吃。

　　龟时间的优点，WIFI信号很强。

十一月十二日（火曜日）

原节子，北镰仓，钱汤

睡得还好。

计划在镰仓住四个晚上，网上预定时，中间的一天被别人提前订了，只好先换到别的房间住一夜，然后再换过来，麻烦。

早餐吃面包，喝着客栈提供的花草茶。

饭后，溜达着往西北方向的镰仓站走。一辆收垃圾的车子迎面开过来，放着好听的音乐。留意了一下车身上的招贴，周一至周五，分别收不同的垃圾；今天是周二，回收纸类和布类。路上有几家卖布、卖瓷砖的小店，都是服务当地人的，布置考究，一点也不马虎。

由镰仓站进小町通商业街，再右转到若宫大道，还有几幢战前的老房子。路东有一座教堂，新旧建筑对比明显；一家不起眼的和果子店也有六十多年的历史了。二鸟居与三鸟居之间的若宫大道中间有步行道，步行道两侧各种着一溜段葛樱。大鸟居应该在若宫大道的南端，由比浜的海边，若宫大道的北端就是鹤冈八幡宫。这条路，是祭祀战神八幡神的参道。

先去川喜多映画纪念馆看展览《永远的传说：映画女优原节子》，三鸟居向西走不远就是。纪念馆前身是川喜多长政在镰仓的别墅，也是战后日本电影人经常聚会的地方。川喜多曾经在北京大学读书，五四期间肄业，转去德国留学。战时畏惧甘粕正彦的势力，一直在上海从事电影事业。日本战败，他带着脱离汉奸罪的李香兰离开上海，李香兰在自传里称川喜多是自己的恩人。李香兰刚回到日本，就住在这里。直到她与雕塑家野口结婚，才搬到北镰仓。展出的原节子出演电影的海报，都是原版，很难得，件件都是艺术品；那时候的海报往往会有两个开本（规格），一横一竖。这次展

《永远的传说：映画女优原节子》

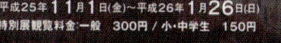

览的宣传海报是原节子在电影《新土》中着和服抚筝的形象；《新土》是当时日本与德国的合拍片，电影外景地有广岛附近的宫岛，原节子与神社里的鹿一起蹦蹦跳跳。战时，原节子出演"国民电影"，被称做"法西斯少女"，战后有些非议。展厅里循环播映纪录片"特别展示映像"《十七岁的世界之旅》，一九三七年原节子拍摄完《新土》后，在川喜多的陪同下，从东京出发，经大连前往欧洲柏林巴黎宣传此片，这次旅行近四个月。七十多年前的映像，年轻的原节子，真真恍若隔世。据说原节子现在还生活在北镰仓，自从小津去世后，原节子就退出影坛，五十年来，从未接受过任何采访。这次的展览，或许是因小津安二郎诞辰一百一十周年而策划的。原节子是一九二一年生人，现在已经九十二岁了。日本的海报设计得很好，可惜只有免费自取的小开本；不像欧洲，通常有原大的海报出售。询问了纪念馆工作人员，希望买一张原大海报，也说没有。后来只好趁着夜色，把贴在小町通墙上的一张取了下来。

川喜多纪念馆出来，入鹤冈八幡宫。《晚春》里父亲与姑姑见面，就在八幡宫神社大台阶下的舞殿。小时候在青岛贮水山大台阶玩耍，并不知道那里曾是日本人的青岛神社。

抗战胜利拆除神社，保留了花岗岩砌的神社大台阶。八幡是日本武家的守护神，镰仓鹤冈八幡宫又是武家开山之祖源赖朝创设，日本三大八幡宫之一，地位很高。今天人不少，爸爸妈妈带着孩子来做"七五三诣"仪式，像节日一样。去看了旁边的镰仓宝物馆，正在展览镰仓时期的佛教造像。宝物馆周围的草坪上，集体外出的小学生正坐在地上吃便当。

由宝物馆向东，穿过几个寂静的街巷，再折向北，就是源赖朝的墓地。墓地在半山坡的一小块平地上，台阶两侧插着源氏的白旗，这墓地是萨摩藩的岛津氏后来修建的。日本人对墓地，不像中国人那样搞得大张旗鼓，似乎更注重逝者的精神，而不是肉身遗骸。大名鼎鼎的源赖朝墓地，与寻常百姓相伴，旁边还有一家小加工厂。

天转阴，飘雨丝了。

赖朝墓地南边的宝戒寺，是北条执权公所遗址。北条一门就是在这里操控着天皇和将军，发布政令，管理着中世纪的日本。出宝戒寺，沿着寺墙向东走，过河，爬一段坡，铁丝网围起的一块空地上长满了荒草，空地中央插了一块木牌，"国指定史迹：东胜寺迹"。旁边的泥泞小路通到一个山洞，昏暗的山洞里有一些小佛像，这里就是新田义贞攻破镰仓后，末代执权北条高时率领一门八百余人集体自杀的地方。天阴阴的，肃杀得很。

已经是下午两点，去小町通吃了一碗鸡肉面，腻腻的。

镰仓站搭电车去北镰仓，圆觉寺。

JR北镰仓站，小津电影里的名所。只有站台的雨篷还有一些电影里的样子，其他都是新的了。电车不时从面前驶过，道口横杆升起落下的铛铛声，仍是小津电影的节奏。永远地定格的，是站台上等车的原节子。

北镰仓，进入小津安二郎世界的入口。

圆觉寺在铁路边上，山道被铁路切断，进寺要过道口。太阳又出来了，三四点钟正是阳光最好的时候，背光的山门黑黢黢的，成了一个取景框，逆光的红叶跳动着最美的颜色。圆觉寺在镰仓五山中排名第二，仅次于建长寺。顺着山坳一直向里走，问了几个人，都不知道小津的墓地在哪里。走到最里面的佛日庵，一位欧巴桑告诉我，小津的墓地就在山门右侧的公墓。

与文德斯纪录片《寻找小津安二郎》里看到的一样，立方体黑色玄武岩墓碑，正面一个阴文"無"字。墓碑表面

小津安二郎墓地

虽然抛光得锃亮,毕竟五十年过去,从"無"字笔划凹槽流出了一缕一缕的水渍。小津过世后,圆觉寺长老问家属墓碑上刻什么字,家属考虑后建议用"無"字。据说是一九三八年小津在南京时,鸡鸣寺的住持曾经给他写过一个"無"字。后来,小津还把"無"字送给过朋友。家属可能考虑这个字是小津生前喜欢的,就让寺院长老写了刻在墓碑上。这个"無"字,小津的研究者和影迷做着各式各样的解释。小津好酒,墓碑前面,影迷放了好多酒,清酒、啤酒,还有一瓶希腊的茴香酒 OUZO,OUZO 的发音与小津的姓 OZU 日语发音几乎相同。墓地在东坡,此时的阳光已经斜得厉害,照不到小津了,小津的墓在阴影里面。看着前面竹子和杉树上的阳光一点一点地被阴影驱赶,似乎明白了什么,又似乎什么也没明白。

从圆觉寺出来,经过建长寺、妙智寺、东庆寺,穿过龟谷坂的山洞,走回镰仓站。脚有些痛了,在不二家吃晚饭,搭车回龟时间。

与龟时间女将聊起今天去的地方,她吐了吐舌头。她不知道小津,自然更不知道原节子,不过倒是听说有过《东京物语》这么一部电影。女将是一名设计师,在日本算文艺女青年,居然也不知道小津,看来只有电影从业者和年纪大的影迷才知道小津了。我对她说,在中国的知识分子和小资影迷里,小津的知名度很高,女将又吐了吐舌头。估计外国人对国内年轻人提起赵丹,也会是这么个结果。

十几年前读周作人翻译的式亭三马《浮世澡堂》,开篇便是:"窃惟教诲之捷径,盖无过于钱汤。何其故也?贤愚邪正,贫富贵贱,将要洗澡,悉成裸形,协于天地自然的道理,无论释迦孔子,阿三权助,现出诞生时的姿态,一切爱惜欲求,都窨地一下抛到西海里去,全是无语的形状。"走了一天,出了汗,去试试钱汤"清水汤"。第一次亲身实践,算是开了眼。价格很便宜,450日元。男女更衣室之间只隔着木制储物柜,两边的说话嬉笑彼此都听得清清楚楚。番头是一位胖胖的中年妇女,坐在高高的番台上,收澡钱兼卖些洗发沐浴用品。居高临下,可以方便地看到男女两边。在她似看非看的目光下,脱衣服,开始还真是不好意思。不过看看身边的浴客光着身子,亮着家伙走来走去,也就无所谓了。日本人对男女之事,不像中国那么保守与拘谨。佩里登陆日本,随军的画师还把男女混浴画进书里,美国人也把这当作奇风异俗,东洋一景。现在科技发达,在家即可享受沐浴之乐,钱汤作为教室的功能,大大地弱化了。回到龟时间,说起在番头眼前赤诚相见,大家都是一副司空见惯的样子,没什么。哦,原来他们都去过了。

今天住大广间,隔音甚差。

十一月十三日（水曜日）

镰仓海岸，前田邸

按照原来的计划，今天要沿着海岸线向西走，最好能到江之岛。

龟时间出来，几步就能看见海。路上没有人，遇见一只猫，淡定地蹲坐在街巷中央。旁边屋子走出一个老太太，笑眯眯地对着我和猫说话，我一句也听不懂，猫似乎听懂了，慵懒地伸了伸腿，慢慢起来，走进阴凉里去。

海堤上，每隔一段距离，就有一个海啸的警示标尺。

由比浜海滩，人少得一只手都能数过来，一个女人在

材木座的猫

遛狗；住在龟时间的美国小伙，面朝大海，扎着马步打拳。海滩不是金黄色的，而是掺杂着一些黑沙。散落的贝壳很多，还有一只死了的海龟，龟壳表面皱起一些皮，肉已经被淘得没剩多少，没有了臭味。NHK大河剧《时宗》里，面对元朝来袭，北条时宗喜欢在由比浜策马，减轻自己的心理压力。看到了文学馆的路标，从沙滩上来。

镰仓文学馆，是之前加贺藩主前田家的别墅，一栋两层的洋楼，背靠葱郁的山丘，楼前一个缓坡庭院，缓坡下面的花园栽培着多品种的玫瑰花。一只松鼠趴在甬道旁的橡子树上，不跑，眼睛盯着你，发出像乌鸦一般的叫声。在北大燕园见过松鼠，还从未听过松鼠叫；不知道是不是日本乌鸦多，松鼠向乌鸦学来的叫声。坐在别墅露台上，可以望见波光粼粼的海面。文学馆有常设展、特别展，当日的特别展是《崛辰雄：生，死，爱》。常设展主要介绍明治以来，那些寓居在镰仓的文学家，无论时间长短，都有详细的介绍。小津安二郎也在其中，身份是脚本家（剧本作家）。小津的研究者唐纳德·李奇说："小津的剧本，在日本被视作文学作品。它的真实度和任务的刻画是如此成功，又如此经济，剧本本身因而已经具备艺术作品的资格。"

镰仓的作家们除了各自写作，也会搞一些公共活动，开设书店，组织派对、体育运动等等。有一张照片很有趣，小津一边叼着烟斗一边拔河，很不认真，野田高梧在一旁与女人嬉笑，似乎在等着看小津出洋相。文学馆里有一幅"镰仓文学地图"，上面标明作家在镰仓的居住地点：太宰治在小动岬，川端康成在长谷，小津在净智寺，夏目漱石在圆觉寺，芥川龙之介和泉镜花在材木座，与我是"邻居"。

三岛由纪夫曾经住在文学馆附近，《丰饶之海》第一部《春雪》里，松枝清显家的夏季别墅"终南别业"，原型就是文学馆这幢大房子。《春雪》书里关于清显、本多和泰国王子来镰仓度假的三小节文字，把文学馆一带的地理方位和出行线路描写得既详细又准确；可以拿来按图索骥，做导游手册。只是后山现在封闭，不能像清显一样，带着三人到别墅后山，窥看镰仓大佛。

日本的作家大多会享受生活，经常找一个舒适清净、能泡汤的地方写作，譬如轻井泽、伊豆半岛修禅寺。镰仓滨海幽静，又毗邻东京，交通方便，更是首选。听止庵说过，当时旅馆会让作家拿手稿来充抵膳宿费用，现在某些老旅馆还藏有一些名作家的手稿。

近些年，大中华地区开始流行"文创园"，弄些所谓的"创意产业"，实际是某地产开发商或者某地区当局，把几间装修有特色的餐厅、咖啡馆、画廊、手工纪念品商店、假古董店、小剧场拢在一起，不过是"文化搭台，经济唱戏"的房地产戏法。相比之下，镰仓才是文创园，一个自然生长的大文创园。

大佛是镰仓的标准照，NO.1的景点。从文学馆出来，跟着人流走就行，不会找不到。在这里，听到有说汉语的同胞，总算有点旅游的意思了。大佛铸得端庄又不乏慈爱，后背开了四扇窗户，底座东边有一小门，可以买票进去。据进去过的人说，可以看到大佛像百纳衣是一块块拼铸起来的。电影《麦秋》里，大和爷爷坐在大佛台座下，两个捣蛋的小孙子，用糖块来捉弄耳聋的爷爷。

买了啤酒和烧肉便当，坐在由比浜海堤上，晒着太阳，慢慢地嚼着烧肉和米饭，用啤酒送咽。不远处，整理帆板的女孩，一次又一次地试着拉起帆，总是不成功。一个男人拎着钓到的比目鱼，从海里上来。

往西，就是稻村崎，一个天然的险要海岬，是守备镰

从稻村崎眺望七里滨、江之岛

仓的要冲之一。镰仓是一个三面环山，一面向海的小盆地。冷兵器时代，属于易守难攻的地形，这也是源赖朝选择镰仓作为幕府所在地的原因。镰仓幕府末期，新田义贞接受护良亲王令旨攻打镰仓，就是从稻村崎突破北条氏的防守，攻进镰仓的。传说新田义贞把自己的宝刀投入大海，海水退却，幕府船只搁浅，新田趁势杀进镰仓。新田义贞和楠木正成，明治维新之后，都被奉为尊王的典范，靖国神社游就馆还特别辟出展室表彰二人。稻村崎山岬上的松树很美，从那里可以看见远处的江之岛，更远处的富士山。江之岛和稻村崎之间的海湾就是七里浜。

七里浜沙滩几乎是全黑的，在沙滩上走，要比平地硬路面累得多。走了两站地，买了一张250日元的江之岛电车，一直坐到腰越，再原路坐回镰仓站。《晚春》里，纪子与服部两人骑自行车，从镰仓一直骑到茅崎。原节子脸上的欢快，真是忘不了。

买了鱼生和寿司做晚饭，饭后去钱汤，不巧，今天歇业。

还有一件事情要记下：日本旅馆不喜欢"不速之客"，通常都要提前预约。实在没办法预订所有旅馆，也要把第一家下榻的旅馆订好，然后开始"接力预订"，让旅馆老板给你打电话预订下一家。这法子，我试了好多次，很合用。十一日傍晚一到龟时间，我就拜托女将帮我预订接下来伊豆修善寺、伊豆仁科的旅馆，女将很热情地打电话联系。修善寺的民宿福井当天就预定好了，但是我选定的仁科第一家民宿，表示不接待外国人；马上又抄了另外两家仁科的，女将再打过去，还是一样，不接待外国人。十二日早上出门前，又把仁科观光协会的电话给女将，请她让协会帮忙找一家可以接待外国人的民宿。当天晚上回来，女将说，观光协会告诉她，没有可以接待外国人的民宿。我想去仁科，是因为仁科堂之岛有一个悬崖上的天然温泉，可以泡在温泉里看落日。没法子，只好开始在仁科北边的土肥、南边的松崎动脑筋。又选了几家，女将打过去，终于土肥的一家民宿说可以接待外国人，女将好激动，我们还互相拍了拍手，耶！毕竟联系了两天，如果还没有结果，够灰心的。今天回到旅馆，女将对我说，土肥那一家民宿不营业了，我想，运气不会这么"好"吧。女将接着说，他们把我转给了另一家名叫椿庄的民宿，只是价格有变动，一泊二食的价格有两种，一是 7800 日元，一是 10000 日元，问我想要的标准，自然是选便宜的。哦，总算搞定了。来日本之前，曾查看伊豆半岛的地图，注意到土肥这个地方。因为伊豆半岛西岸只有土肥有营运的渡船，可以横渡骏河湾到静冈清水港，当时就动过住土肥、坐船去静冈的念头，现在得偿所愿了。

今天换回原来的房间。那个长发的美国青年退房走了，他在这儿住了七天，经常与女将兴高采烈地聊天。昨天，来了一对美国情侣和一对日本母女，四人是结伴来的，先是住在八人间，今天换到我昨天住的大广间去了。

龟时间的生意很好。

★ KURIHAMA STATION ★
久里浜駅
横滨市
东京湾
横须贺
久里滨
三浦半岛
相模湾
镰仓
藤泽
茅崎
热海
箱根
二宫
N

十一月十四日（木曜日）

佩里与开国

今天去久里浜、横须贺。

建长寺、妙智寺、政子墓、大佛之路都是计划之内要去的，看来这次没时间了，应该再来一次镰仓。

坐上去久里浜的车，过逗子站后，乘客陆陆续续下车，没有人上来，几乎是我的专列了。

久里浜是京急久里浜线的地盘，JR久里浜站离海岸有些距离。经夫妻桥，顺着河走，河汊里停泊着渔民的小艇，颜色鲜亮。三浦半岛浦贺海岸，扼守东京湾要冲。幕府时期，外国船只通常只能停靠长崎。长崎之于江户,犹如广州之于北京,远着呢,不打紧。而浦贺就像天津,是家门口啊。当年,佩里率舰队在此上陆,幕府立刻慌了手脚。除了横须贺的驻日美军基地,日本自卫队也在这一带驻扎大量军队,河对岸就是自卫队通讯部队的营房。河汊的入海口有一座"开国桥",开国桥西侧的海岸就是久里浜。久里浜的中心市场,名曰"黑船市场"(当时日本人把美国的蒸汽军舰称做"黑船"),还有以黑船命名的料理店、钓具店,海岸马路叫做"佩里路",甚至马路上的井盖也是黑船图案。心想,既然如此,久里浜何不改名"黑船市",就像我们国内某些地方改叫"普洱",改叫"香格里拉",改叫"黄山",把旅游文章做大,怎么来钱快怎么改。日本人真"笨"。

今年是佩里上陆一百六十周年。上陆的地方,现在是上陆纪念公园。公园不大,中心是一块十几米高的纪念碑,上书"北米合众国水师提督伯理上陆纪念碑",由伊藤博文在一九〇一年题写的。公园四边有座椅,老人坐在那里晒太阳打瞌睡,几个小孩跑来跑去。一九八七年,佩里家乡罗德岛州新港市政府赠与久里浜的一块石头,放在东北角。公园边上还有一个佩里纪念馆,声光电展示佩里舰队游弋、

上陆纪念公园里的"北米合众国水师提督伯理上陆纪念碑"

佩里上陆图（选自《佩里远东航海记》）

上陆的经过。展品中有清国人罗森的画像,脑袋后一条大辫子,很好认。其实罗森没有到过久里浜,他是佩里首次上陆的第二年,一八五四年,与卫三畏一起随佩里舰队来的日本,目睹了美日缔结《日米神奈川条约》。

JR线经过横须贺时都在山洞里,看不到什么风景,一出山洞,就是JR横须贺车站。海岸公园有幕末时期的横须贺制铁所遗址,当时幕府聘请的是法国海军工程师瓦内;幕府方面主持此事的是小栗忠顺,曾代表日本首次出使美国。小栗还兴办法语学校,推进日本现代化建设,是一个不折不扣的开放派;同时他又是幕府里的强硬派,主张维护幕府体制,大政奉还后,被明治政府斩首。公园南端是几个二战时被击沉的军舰纪念碑,海岸公园对面的一大片区域就是美军驻横须贺基地,占据了一个巨大的半岛,这个地方曾经是幕末操练海军的地方。日本现代化之发轫并非自明治维新开始,幕府才是最初开国的主导者。开国后,幕府在学习西方、兴建实业方面迈出第一步。幕府一方与尊王攘夷一方争的是由谁来掌握国家权力,主导推进现代化。

横须贺街面上有许多美国元素,一座大厦屋顶上矗立着一座缩小版的自由女神像，本乡街道上的街区指示牌也做成了纽约帝国大厦的模样。中午饭吃了一个和米混搭的猪肉饭：炸薯条、沙拉搭配着味噌汤和纳豆，价格700日元。

时间还早，回来在北镰仓下车，去了净智寺。没看到僧人，也无游客，几位欧巴桑在里里外外地操持着。门口贴了一张《北镰仓 小津三昧》的系列活动海报，三场纪念活动，地点分别在圆觉寺和净智寺。向欧巴桑要了两张海报，欧巴桑很爽快，还问两张够不够。净智寺位于半山凹，掩映在一片翠竹和红叶里，再往上走就是大佛之路，翻过山就是镰仓大佛。寺庙周边有几家住户，茅草顶的町屋，长长的竹排墙，像是走在小津电影里，《麦秋》就是在这一带拍摄的。战后小津一直住在净智寺附近，去世后葬在对面的圆觉寺，寺院自然要在他生诞百十年的时候搞些活动。

除了北条时宗，他的父亲北条时赖也是我熟悉的人物，建长寺就是他退隐后操控幕府的地方。太阳还未落山，匆匆一游。这里是镰仓禅宗五山第一山，气派自然比镰仓其他寺院要大。开山和尚是临济宗宋僧兰溪道隆，寺庙形制规章均依宋制。日本武士文化的形成，禅宗起了不小作用，

建长寺御朱印

所以禅宗又有"武士佛教"一说。当年的建筑几乎没有剩下，眼前都是后来重修的；寺院最后面的园林很好。御朱印300日元。

从建长寺出来，坐车回龟时间。去洗钱汤，已经没有拘束之感，享受观察教诲之乐。

龟时间男主人不像女将那么热情，昨天给过他一个下田屋的电话，请他帮忙联系。他今天告诉我，打过去，已经歇业了。二〇〇八年他来过一次中国，去了上海、西安、敦煌，因为北京开奥运，就没去。

代购了一张鹤冈八幡宫的御朱印。

那两对四人团离开了。三天前，一个独自旅行的日本女孩住了进来，是个大学生，不停地在本子上写。我在想，新井一二三年轻时是不是这个样子呢？

男主人喜欢自己做饭，龟时间一股咖喱味。

十一月十五日（金曜日）

到了修善寺

现在是晚上十点，躺在修善寺民宿福井的榻榻米上。刚刚泡过汤，汤名"小山泉"，不知道是小山的泉，还是小的山泉。汤池里只有自己，放松，惬意。手边有一本台湾出版的《静冈伊豆：川端康成泡温泉》，翻了翻，总在抒情，有些矫情了。今天从镰仓到上野，再经三岛转车到修善寺，跑了一天，记在下面。

早上六点起床，整理行李，最不好携带的就是那几张海报，先卷成一长筒，两头再用纸包好，箍上橡皮筋。七点出门乘巴士，从九品寺去镰仓站。九品寺是新田义贞攻击北条高时的本阵，近在咫尺，居然没有去看一看。

阴天。镰仓站口，一中年人西装革履，毕恭毕敬地向来往乘客发传单，接了一张。原来他是众议院自民党议员山本，选区是神奈川四区镰仓一带。传单的内容，主要是解释通过《特定秘密保护法》的必要性，有些危言耸听。记得在电视里看到首相菅直人下野后，站在东京某地铁站口，演说自己的主张，路人匆匆经过，几乎没有一个停下来。国会议员，相当于部级干部。

八点十五分的电车，恰好是上班时间，自己又像小津电影里的上班族一样，挤在车厢里。所有的人都默默地，除了电车的轰隆，连咳嗽声都没有，似乎车厢里装的不是人，而是一团团温温的气体。心里想：那天在镰仓文学馆，看到《小津安二郎 收藏品展》的预告，有馆藏的小津日记、小津绘画等，十二月七日开展，明年四月二十日结束，真是诱人啊！是不是明年四月闭展前再来一次镰仓呢？如果这样，还可以去一次尾道。嗯，伊势志摩也不能错过，那是拍《浮草》的地方，而且还有上好的松阪牛肉……一小时到东京，

东京—三岛—修善寺

45

镰仓—东京

东国十八日记

46

柯布西埃设计的东京国立西洋美术馆

换山手线至上野，通票价890日元。

行李寄存上野车站，500日元。经过西乡隆盛铜像、彰义队墓地，上野公园已经很熟悉了，一旦你忽视了一些东西，就获得了一种逛公园的感觉。绕着前川国男的东京文化会馆看了看，不愧是柯布西埃的追随者，学得还真是有模有样，不过略有些笨。除了体量太大，与老师在远东唯一的作品面对面也是原因。而柯布的国立西洋美术馆就灵巧多了，虽然"灵巧"这个词放在柯布身上未必合适。文化会馆的内部空间很好，起码比国内一些新建的剧场好多了，毕竟是为市民（观众）建造的文化场所，不是为了摆阔。虽然我十几年前编辑过柯布的书，但是真正走进柯布的作品，这还是第一次。前年来，时间关系，仅仅在美术馆周围看了看。柯布做的老馆比较小，中间的部分和二层目前是关闭的；前川国男后来又做了新馆与老馆衔接，并与老馆在东北方向围合出一个庭院，日本味道就出来了。今天碰上一个关于米开朗琪罗的特展《天才的轨迹》，票价1400日元，从意大利借了一些米开朗琪罗创作西斯庭壁画时画的草稿，还有几个小的雕塑。观众不少，个个脸上都是虔诚崇敬。美术馆的常设展也很棒，除了绘画，松本氏收藏的罗丹雕塑也有一些。在日本，收藏西洋艺术作品的机构，不仅有这座国立美术馆，还有不少私人美术馆，譬如，仓敷的大原美术馆。对西洋艺术的理解和认识，日本人比我们早，也比我们深。因为要收藏二战时扣留在法国的松本氏雕塑藏品，才有了建造国立西洋美术馆的动议，请了当时超级大牌柯布西埃来主持设计。战前就有几名日本建筑师在柯布巴黎的事务所里工作，估计这个作品应该是柯布出思路，日本人来执行的吧。柯布的作品里，东京国立西洋美术馆只能算是小品；说它是小品，不是体量较小，朗香教堂体量也不大，而是猜测柯布在这儿花的心思不够多。但是，这丝毫不影响日本人对柯布的热爱，东京都台东区正在积极地推动，把国立西洋美术馆申报列入世界文化遗产目录呢。

十二点半了，外边已经开始下小雨。去阿美横町找了家面馆，要了豚肉面，价980日元。老板是华人，除了豚肉面、还供应最时髦的担担面、麻婆面，味道还不错，只是猪肉没有想像中的好。

东京直达三岛只有新干线，普通的东海道线只能先到热海，再转车去三岛，新干线的票价差不多是东海道本线的两倍，时间也仅仅快半个小时。我喜欢白天坐火车，况且大船热海一线，白天还没有走过。前年来日本，东京往返关西，乘坐的都是天黑之后的新干线，一路上除了站台标牌，啥也没看到，真是遗憾。电车十三点五十二分开出东京，晃晃荡荡，几乎每站都停，这种普通车很合我意。从二宫到热海一段，电车在半山腰上行驶，每钻出一个隧洞，山下就有一个海湾。隧洞，海湾；隧洞，海湾，几乎是风景的赋格。终于，远远地看见海边一条长堤，到热海了，那条长堤大概就是《东京物语》里平山周吉与老伴坐着拉家常的地方。

三岛，伊豆半岛的门户。到修善寺，要换乘当地的伊豆箱根线电车。从起始站三岛到终点站修善寺，票价500日元，四点二十的电车。刚刚下过雨，从车窗看见了天空中的火烧云。电车一路向南，富士山就像尾巴一样紧紧地跟着。山顶有一团不规则的巨大云朵，云朵上缘比富士山的底座还要大，顶着云朵的富士山被落日映照得橙红橙红，像是一个大大的红蘑菇。

下午五点到修善寺车站，天黑了。一下车，就闻到潮湿空气中的松树味道，嗯，知道自己进山了。没有赶上五点零一分的公交车，只好等下一班，五点二十九分，票价210

日元。只用了八分钟,就到了修善寺温泉站。公车上除了我,全是放学的中学生。修善寺的公交车站正对着著名的菊屋旅馆,旅馆横跨在桂川上,是修善寺最高级的旅馆,夏目漱石曾经在此养病长住。小津电影《茶泡饭的滋味》几位女士结伴到修善寺度假,就是取这里的外景。可惜进不去,见不到那些肥肥的大锦鲤。拉着箱子往西,走出好长一段路,街道两边的店铺都已经打烊了,只有几家温泉旅馆还开着门;又走了一二百米,终于看见了福井的招牌。民宿在半山坡,依地势而建,入口处有一个小小的鸟居(我就住在鸟居左上方的枫间,应时应景)。进门,已经是五点五十,晚餐六点开始。

福井的规模较日光上州旅馆大。两个欧巴桑在做晚饭,其中一位六十岁左右,一位快八十了,看她们干活,真捏把汗。后来看见了男主人,还有他们的女儿,一共四个人在操持这家民宿。先把第二天的一泊一食改作一泊二食,食宿费也先支付了,两天总共13950日元(每天6975日元,含入汤税)。

饭菜比上州的要逊色一些。饭厅可以同时容纳二十几个人,今天晚上,算上我,一共有五位客人。一对老夫妇一个老头儿,一个老妇人,年龄差不多都在七十多岁。那位单身老妇人一进饭厅,就一直在自言自语,似乎精神方面有点小问题;坐在她对面的老头儿,好像对这一切已经很熟悉了,低着头,自顾自地吃着东西,连抬眼看都不看一眼,仿佛老妇人不存在。

　　日本是个老龄化国家。

东国十八日记

52

十一月十六日（土曜日）

赖朝与政子，卡拉OK

七点起床，七点半到食堂早饭。有一只半生的鸡蛋，不习惯吃，还给了欧巴桑。昨晚那个碎碎念的老妇人，好像在对食物抱怨着什么，欧巴桑在一旁小心翼翼地陪着，连着鞠躬，嗨嗨，嗨嗨。

阳光很好，昨夜又下过雨，空气湿润而清新。

下坡走到主街，往西拐，有一个标示牌，"蒲冠者源范赖公墓道"，爬了大约一二百米，就是源范赖的墓地。墓地很小，环境却比他哥哥源赖朝的好，墓前枫树婆娑，枫叶的倒影散在石头手水钵里。墓旁有一茶庵，名叫"芙蓉"，富贵艳丽的名字，与周遭的清幽不太搭调。茶庵今天休息。

桂川上的枫桥，是观光手册里推荐的赏枫名所；可惜枫叶尚未红透，再过十几天，木桥、溪水、火焰一样的漫天枫叶，会美死人的。经竹林小径，过桂川，回到北岸，在溪边的源原汤足汤。溪流中间石头堆上的独钴汤冒着热气，传说是弘法大师空海独钴杵戳出来的热汤，已经用栏杆围起来，现在是一景点，不能进去泡汤了。空海和尚是个旅行家，除了奥州北海道，几乎走遍了日本，在各地弘法建寺打温泉。甚至还出境游，渡海到中国，学习唐密，回日本创立了真言宗。

今天赶上修善寺的手工集市，差不多九点钟，几十家摊贩开始摆摊，一个小军乐队在一旁助兴，有点庙会的意思。

穿过集市，指月庵在南边山坡上，二代镰仓将军，源赖朝与政子的儿子源赖家的墓就在这里。墓道入口，一株孤零零的枫树，叶子正由绿渐渐变红，散发着无奈幽怨的温情。赖家随从十三义士的墓冢前有一平坦小庭，看似闲置的两块黑石，却是点睛之物。指月庵是政子为赖家祈冥福而建，母子（政子与赖家）、父女（时政与政子）之间的恩怨真是

源賴家墓

让人捉摸不透。亲情中一旦渗入了政治权谋，会比一般的政治斗争更加无情与惨烈。或许有人会说政子默许了父亲时政去杀死自己的儿子赖家，再来修一座寺庙来为儿子祈冥福，不是"做戏"吗？我倒相信这些都是出自政子的本心，人心就是这么复杂与矛盾，更何况这个人是日本历史上唯一的"尼将军"北条政子。山上还有源义经像，义经被同父异母的兄长源赖朝追杀，从关西出逃奥州平泉，途经此地。

下山到笕汤，源赖家正在这里沐浴时，被北条时政派来的刺客暗杀。冈本绮堂据此历史情节，写了著名的歌舞伎《修善寺物语》。每每看日本的电影和连续剧，浴场杀人的场景总让人不忍目睹，虽然知道电影里用的不过是些鲜红的染料，心理上总是不舒服。除了浴场，榻榻米上也是常常发生杀戮的地方。现在的笕汤，男女分时段开放，入场费 350 日元。

修善寺山门正在大修，寺内里是热闹的集市；一个卖团子烧串的摊主是今早住进福井的，打了个招呼。拿着集印帐去御朱印，没有人书写，一位右手残疾的和尚用事先刻好的图章印上去，300 日元。修善寺宝物馆，门票 300 日元。日本一些历史悠久的佛寺里往往有些宝贝，大名鼎鼎的正仓院以前也是属于奈良东大寺的。印象深的有：开山之祖弘法大师用过的水瓶、象炉、青瓷香炉；源赖家的马具、阵旗；北条早云的寄进状、血书阿弥陀经；丰臣秀吉的太阁军令、下知状。宝物馆墙外张贴着山门大修的捐赠人，民宿福井的女主人名列三甲。人年纪大了，手上又有些余钱，愿意拿出来做些善事。

十一点，有点累了，回旅馆。IPHONE用来做相机很费电，手机充电，我去泡了一个午前汤。天很晴朗，温度又不低，拉开汤池的窗户，躺在水里，一串一串很小很小的气泡聚集在汗毛上，就像是附着在海藻上的苞子。看天上的浮云。

在集市上拿到一张传单，今晚韭山城有竹灯笼展示，去看看。

修善寺车站买了去韭山的车票，270日元。站台上，看到了"伊豆舞女号"列车、"富士山号"列车，这是可以直达东京的旅游快车，价格贵许多。

十二点五十开车，一刻钟到韭山。这里是伊豆半岛中心地带，东西两侧是南北走向的山脉，中间是不太宽阔，却很肥沃的平原，源赖朝和北条一门的龙兴之地。车站拿了一张地图，估算了一下时间，要把计划中的地方都转一遍，不太可能，只好舍弃韭山反射炉。

在7-11韭山店，花了220日元，买了一个豆沙包和一瓶水。吃着豆沙包，由莲长寺、成福寺、光照寺（政子产汤之井），绕到了狩野川边的守山西麓，北条一门祖宅北条庄就在这里。再去北条时政的愿成就院，有两条路：一是继续向南绕守山大半圈，一是直接翻过守山。绕山肯定费时，守山貌似不高，索性翻过去得了，说不定还能在山顶看看富士山。山上橡树真多，地上落满了橡子，脚踩上去，橡子与橡子之间发出吱吱的声音。山顶有一观景台，可惜今天富士山半山腰以上被云雾笼罩，无法看到全像。下山的路比上山陡峭，半山腰的木椅上，一个老头正在聚精会神地看书，没注意到我，打个招呼，他笑了笑。我瞥了一眼，大开本色情漫画。老人家不容易，爬这么高来复习功课。

愿成就院在守山东麓山根下，现在是午后，整个寺院都在背阴里面。刚才爬山时出了一身汗，在山上脱了毛衣，现在感到冷了。北条时政的墓地就在这里，时政后来被政子和他自己的儿子罢黜权力，流放回原籍伊豆韭山，终老于此。上午凭吊"被害人"源赖家，现在站在"凶手"的墓前，一日看尽源氏与北条三代剪不断理还乱的恩怨情仇。愿成就院的御朱印400日元，是我在日本碰到的最贵价钱；其他寺庙神社，无论名头规模大小，一律都是300日元。

从愿成就院一直向西，四周是刚收割完的稻田，初冬黄昏的阳光，暖暖的，这样的行走，真是一种幸福。源赖朝的流放地蛭小岛就在前面，蛭小岛距离守山的北条庄，走路差不多要四十分钟。父亲源义朝被杀后，十三岁的赖朝被平清盛流放至此，一待就是二十年。八百多年前，赖朝与政子就是在这里相遇、相恋。未来的岳父北条时政是受命看管赖朝的人，结果女儿成了赖朝的贤内助，自己和北条一门当了大嫁妆。东家的女儿爱上"坏小子"，已经是老掉牙的桥段，而历史上却屡见不鲜，赖朝与政子就是一个成功范例。起初北条时政想拆散两人，政子就夜奔翻过东边的伊豆山，到热海那边的伊豆山神社，去找赖朝。政子真是个不一般的女人。马路边的人行道上，镶嵌着几十块地砖，上面是历史人物卡通和简介，几乎就是一部关于平氏、源氏、北条氏的镰仓历史教科书。

经过韭山中学、韭山城池，到达竹灯笼的展示地江川宅邸，已经是下午四点多了；江川氏是德川幕府的韭山代官。

东国十八日记

60

頼朝と政子（よりとも　とまさこ）

北条時政が都にのぼっていた時、娘の政子と頼朝の間に女の子が生まれました。しかし時政は平家一門の山木判官兼隆に政子を嫁がせようとしました。婚礼の日の夜山木の館を抜け出した政子は雨の降る中を夜通し走り頼朝のもとに行きました。

蛭小岛人行道上的历史人物卡通地砖

灯笼展，又是一个小"庙会"，买了一份炒面，垫了垫肚子，300日元。门口有韮山反射炉申请世界文化遗产的后援活动，他们这次是以"明治日本的产业革命遗产：九州山口及关联地域"的名义来申请，共有八处遗址，韮山反射炉居其一。申请的理由，居然是日本在短短的几十年里从一个农业国变成了一个工业强国。

竹灯笼有些徒有虚名。

晚上六点三十赶回旅馆。今天客人真多，好几个家庭带孩子来，一下子热闹起来。晚饭有煮物，喝了从镰仓带过来的清酒口杯，泡汤。

晚上八点四十四分，屋子晃动，又地震了。打开电视，NHK报道震中在神奈川东部，也就是镰仓久里浜一带，震级是四级，伊豆地区是三级。这回来日本，是第三次碰到有感地震，已经习以为常了。前两次分别是十一月十日、十一日的早晨，在日光。接着看电视，正在直播日本国家足球队与荷兰国家队的一场热身赛，两队都是明年巴西世界杯的参赛队，上半场日本1：2落后，下半场扳平比分。日本队有不少球员都在欧洲顶级俱乐部效力，已经可以跟世界一流球队抗衡了。睡不着，换台，卡拉OK大对决。八进四，四进二，二进一，最后冠军是一个来自台湾的小胖子，成为卡拉OK的帝王。唱的是宫崎骏新片《飞机云》的主题歌，原唱是松任谷由美，小胖子用日语演唱，拼掉一名日本歌手，不容易。歌手演唱时，电视屏幕下方还有演唱者与原唱者的音高节拍数字化比对，一点瑕疵都逃不过，追求细节到变态的地步。

民宿福井有电视无WIFI，龟时间有WIFI无电视，这就是所谓的世代差别吧。

十一月十七日（日曜日）

习大大，韮山反射炉

早饭后，去泡了个汤。回到枫间，身体松软，想歇一会儿。打开电视，NHK正在播放"日曜讨论"节目，这一期的主题是"习近平执政一年后的走向"。参与者共七人，除了NHK的主持人，嘉宾有研究中国问题的专家、曾经在中国工作的商人。学者来自东京大学、早稻田大学、筑波大学等，其中拓殖大学的渡边利夫给我的印象深刻。配合着讨论，电视上出现前几天在中国发生的一些突发事件的画面，"天安门前的驾车爆炸案""太原省委门口爆炸案"。

整理好行李,与欧巴桑道别,彼此鞠躬鞠躬。十点多到修善寺车站,存箱子,400日元。十点半乘车到伊豆长冈站,韮山的前一站。车厢里返程旅客不少,家人、朋友或者情侣都是周末度假泡完汤回去的。想起《茶泡饭的滋味》里的四个女人,她们也是这么回东京的吧。假日之后的疲惫和漠然,又要重新面对日常琐屑,全然没有来时的期待和愉悦。车厢过道上方挂满了伊豆地区各个町市眺望富士山的图片,最好的是三岛那幅,三岛不靠海,当地特产大根(萝卜)作为前景,富士山成了配角,独出心裁。西伊豆的大久保、黄金崎那些大海托出红富士,反而匠气了。

伊豆长冈是温泉胜地,我这次去看韮山反射炉,泡汤,等下回吧。

长冈下车,向东步行,富士山一直在左侧,远远地陪伴着我。平清盛自己没有来过伊豆,那个时候是平安末期,不要说伊豆,就是尾张以东都是粗鄙之地,是东国武士打打杀杀的地方,如何能与关西近畿的公家风雅文化相比。清盛一心想的是与宋国的贸易,甚至把都城从京都迁到今天的神户(福原京),忽视了源赖朝这个后生小子。赖朝毕竟是经历过生死大战、怀有匡复祖业的有心人，再碰上北条政子这么个不世出的女人，唯一缺的，唯一等的，就是时机。只要平氏内部有一丝波澜，源氏东山再起的机会就到了。但凡那种乍看上去经济落后，而风景雄浑奇异之地，都不可小觑。尤其是对东方人，日本人就更不消说，他们一直有着萨满崇拜传统。东方人讲"化"，耳濡目染二十载，我相信，富士山已经化在赖朝的心里。源赖朝能够建立武家政权，开日本千年之武家体制，为日本人的心灵注入武士道精神，一定有"富士山"的因素。流放一个十几岁的孩子，消磨他的意志，最好的流放地，不是旷野，而是金粉珍襈繁花闹市。假如平清盛来过伊豆，只要站在这里，眺望着富士山，以清盛的智慧，他绝不会把赖朝放在蛭小岛。

韮山反射炉，是一高温炼铁炉。佩里登陆久里浜的第二年，一八五四年幕府就开始筹划实施此事，可见日本受到西方冲击后，反应比天朝迅速得多。建设反射炉的具体操盘手，就是昨天摆放竹灯笼的江川家第三十六代当主江川英龙；英龙的支持者，正是幕府大佬井伊直弼。反射炉是砖砌的，时间久了，有坍塌的危险，用钢架把反射炉固定起来；现在，这些钢架反倒成了反射炉的标志了。反射炉遗址公园

韭山反射炉

背后的古川，水流潺潺，当时没有电力，用的是水车驱动，古川就是反射炉的动力来源。反射炉的中文解说很搞笑，强调建设反射炉，是对抗欧美对日本的殖民。

回来时，走了主路北边田野中的小路。看着云朵沿着富士山的西坡慢慢爬上山顶，再慢慢向东飘去。农田里种植蔬菜已经是滴灌大棚，完全工业化。没有一点异味，也未见一个丢弃的塑料袋，整洁得有些不合情理。中午在铁路道口的吉野家，点了一份大的烤牛丼和味噌汤，560日元。

从伊豆长冈回修善寺，坐在西边的座位，窗外的富士山还是那么大，一点没有变小。心想，源赖朝居此二十年，天天看富士山，不会烦吧？再想，人天天看而不觉烦的，大概只有山和海。

修善寺车站买了去土肥的汽车票，1280日元，下午一点半发车。

这回来日本，几乎天天都浸泡在历史文化里面，去土肥这个海边小镇，希望能换换脑子，放松一下。

修善寺到土肥，国道沿着狩野川逆流而上，在田泽分叉。向南就是天城山，那是川端康成小说《伊豆舞女》里"我"

与薰子走的路,也是松本清张《天城山疑案》的故事发生地。田泽折向西,翻过达摩山,下到海边就是土肥,西线的文学故事比南线少了许多。

  日本的小说,人物和情节大多是虚构的,而故事的发生地,往往是确有其地,是现实存在的地方。甚至描述从甲地到乙地之间的距离及交通方式,通常都是精确的,读者完全可以拿来做时刻表和旅行攻略手册。如果你痴迷某部文学作品,自然会想去作品里的故事发生地看看;而一旦身临其境,或多或少,都会有一种代入感。日本各地的旅游观光协会,也颇会利用这一点做文章。止庵是三岛由纪夫的资深读者,有一本《潮骚》的签名本。去年,微博里看到他曝纪伊半岛的鸟羽旅行,鸟羽在日本是四五线的旅游地,几乎没有外国游客。为什么去那儿?没有问过他,我猜不会是因为那里的温泉,应该是是鸟羽对面的神岛,《潮骚》的故事发生地。三岛在小说里,给神岛取了一个好听的名字:歌岛。止庵不会是拿着《潮骚》签名本,去了鸟羽,泡在海边的温泉,遥望歌岛的吧。呵呵。

  深秋的阳光,是最宜人的,汽车沿着船原川向上开,山坡上的柿树结满了果实。从狭间站开始,车上只剩我一个乘客。大曲茶屋，一个不俗的站名。车子不时地在山路盘旋转弯，阳光有时从西面打过来，正好迎着溪流，溪边的红叶全亮了。司机每停靠一个站，会先看手表，然后上肢做出一系列标准动作；再看手表，确认离开时间与站牌一致，才会关门，开车。

穿过土肥隧道，看见海了。

下午两点二十，到土肥，用时五十分钟。阴天。

拖着行李找到椿庄旅馆，拉开门，没见有人，只听见厨房里刀斫在菜板上的声音。喊了两声，老板连忙出来打招呼，说："这么早，王桑。"本来订的两天一泊二食标准都是7800日元，想改成一天10000日元的尝尝，老板看看了挂钟，说："今天不行了，明天吧。"估计是食材没来得及买吧。房间很好，还有一个临河的封闭阳台做茶座。时间还早，放下行李，去海边。沙滩一般，不过相比镰仓，沙子细不少。有几家现代主义风格的酒店，看上去生意冷清，估计夏天就爆满了。街面上看不到几个人，除了东京大阪等大城市，清净寂寞是日本的常态。一直向南走到八木泽，脚有些酸了，天黑了，搭公车回来。

土肥海岸

晚饭好吃得有点出乎意料。特别是酱烧鱼头，鲜美却没有令人生厌的腥味，做的丝毫不比国内差，还用了一片硬如铁片的小绿叶做装饰点缀，有点不忍下箸。这可以说是自己来日本，吃得最满意的一次。米饭一连吃了三碗，饭瓮几乎见底了，提醒自己：慢慢吃，慢慢嚼。饭菜是老板或老板娘亲自送到房间，坐在自己房间里吃饭，可以随意很多，不必顾忌形象，很好。

电视在直播九州大相扑比赛，解说嘉宾里，有那位《孤独的美食家》松重丰，这位高个的瘦子，居然在回忆自己小的时候是如何崇拜相扑的。呵呵，想练相扑，先增肥吧。

晚上八点，NHK播放大河剧《八重的樱》。去年在京都时，去过新岛襄和八重的旧居。片头里面就有在韮山看过的竹灯笼，虽然知道八重的一些事情，不过，没有字幕翻译，还是一头雾水。

下午出去的时候，途经土肥港，特意抄了往返清水港的时刻表。明天是去恋人岬看红富士呢，还是坐船去清水港？海那边有久能山东照宫、日本平，清水港还是三岛由纪夫小说《天人五衰》阿透工作的地方。这些都比恋人岬吸引力大。

下一站下田住在哪里，还没有着落。式根岛也没订房，电视新闻里一直在报道大岛遭受台风,受灾如何如何严重。

旅行中出现一些计划外的状况,是邂逅的机缘。就像今天,仁科订不到房间,无奈选择了土肥,尝到了美食。明天还能坐船横跨骏河湾去清水港、久能山东照宫。

期待海上富士山。

十一月十八日（月曜日）

日本平，海上富士，吃累了

早餐居然有布丁，老板还会做洋饭。

九点二十从土肥港坐船，六十五分钟后，抵达清水港。这里是樱桃小丸子的家乡，公车站牌、公车车身、商场里售卖的茶叶罐、各式小纪念品，都有小丸子的形象，人气挡不住啊。清水港 S-PULSE DREAM PLAZA 旁边的一个摩天轮，缓慢地转动着，从上面飘来小丸子的嗲声嗲气，循环播放，念佛机一般。商场里有一家"大鱼市场"的寿司档，门口用寿司模型堆出一座富士山，围绕着富士山有中、美、俄、法、日各国首脑卡通像，中国的是胡锦涛，没有与时俱进，该换换了。买了一瓶绿茶和一个红豆面包做午饭，坐车去日本平。

日本平是一个紧贴着清水港和静冈市的生态公园，除了森林，还种植茶叶和柿子，静冈的茶叶在日本还是蛮出名的。到日本平站，先坐缆车去久能山东照宫，日本平与东照宫隔了一个深涧，缆车在空中运行，一只鹰隼平缓地从下面划过。从前，参拜久能山东照宫，只能走海边的参道。现在，旅游观光是一项赚钱的产业，自然要把东照宫与日本平用最便捷的方式连接起来，让游客能在最短的时间消费更多的项目。

久能山东照宫，是德川家康去世后神棺暂停之地，第二年神棺才迁往日光东照宫。久能山与日光之间的连线，被称做"不死的道"，富士山的主峰恰好在这条连线上；江户与日光之间的连线被称做"北辰的道"，这条连线向北延伸，就是北极星。北极，是包括日本在内的远东传统崇拜的宇宙中心。操办规划这一切的天海和尚，据说有极深的占星与风水考虑，可惜我不谙此道。建筑规模自然是日光东照宫大，但是久能山东照宫面南向海，气势阳刚，不像日光东照宫藏在大山根部，即便是用金箔包裹起来，也压不住一股子阴气。久能山东照宫本来也是寺社一体，家光修建的五重佛塔，在明治初年神佛分离时被拆；不像日光还保留着完整的轮王寺。家康墓地旁边埋着他的坐骑，估计就是大阪夏之阵时，驮着家康逃出真田幸村追杀，让家康有了"死的觉悟"的那匹宝马。东照宫门票加博物馆，900日元。博物馆里有一些德川三代的真品，家康用过的"青瓷薄茶碗"，家康穿过的"金陀美具足"，秀忠、家光使用过的具足，家光画的《茄子图》。还有两个特展，一是十四代将军德川家茂、夫人和宫（静宽院）、养母笃姬（天璋院）的生活用品展，有家茂的衣服，寄进的太刀，和宫的押绘、风镇、烟管、过家家的毛植人形。一是"日英交流四百年"，陈列着家康喜爱的英国自鸣钟，估计是传教士或者商人进献的礼物。

东照宫内有德川家康三十八岁时一手印，手形较今天一般人的要小，说明牌上注明：家康身高一米五五，体重六十公斤。

回日本平，仍坐缆车。

日本平号称是眺望富士山的第一名所，其实，富士山周边百公里内，不少地方都说自己是看富士山的第一名所，伊豆有达摩山、恋人岬，群马有富士五湖。从日本平看过去，海边的清水港开始，地势缓慢升上去，整个画面舒展匀称，构图是古典的。日本平东北的小半岛，就是三保松原，传说松枝上还有西域天人的羽衣残片。三岛由纪夫《丰饶之海》第四部《天人五衰》里阿透上班的信号站，应该就在山下海边的某个地方。十六岁的阿透除了看船，就是看海，看海看得厌了，他会拿出镜子来看自己……《天人五衰》的情节主要在东京，但是故事是从这里开始的。小说的开头，就是眼前的这幅画面：进出清水港的货轮，伊豆半岛上的山峦，隐约可见的土肥港。阿透看见的，就是我此刻看见的，几乎一模一样。只不过，阿透每天要看八个小时，我只看了四十五分钟。阿透会看厌，我不会。因为看对阿透来说，看是工作；而我，是一个过客，日本平对于我，可能是一期一会。

船要四点才开。码头长堤的护墙边，有人面对着富士山垂钓。清水—土肥这条轮渡线，刚刚被静冈县确定为"223县道"的一段，有许多摆渡的汽车。上午来的时候，十几辆大巴车开进船舱，车上下来的全是福岛县的农民老夫妇，集体外出旅行，穿着有些土气，不太像平日见到的日本人。他们的样子，让人想起夏天在北海后门见到的进京旅游大巴，每到中午，来自山东、河北、河南的农民游客蹲在路

日本平，眺望富士山

东国十八记

边啃干粮。

看富士山，我觉得，最好的位置是在海上，没有任何遮拦。富士山西坡的弧线平滑从容，尾巴拖得很长。今天从东到西，差不多一百度地看了富士山。虽然未去恋人岬，海上来回两个半小时，从白富士看到红富士，足矣。不得不说，富士山是最能代表日本的LOGO。

今天不小心用手戳了一下眼睛，一直到现在还有些肿痛，不停地流眼泪。

晚饭不是吃撑了，而是吃累了。一个人，面对布满桌几的菜饭，先吃什么，后吃什么，颇费一番思量。自己吃饭的速度，一向是比较快的，而这一餐，足足吃了一个小时。有一小碟，里面是伊势海老（龙虾）刺身，是伊豆半岛这个季节最有名的海鲜，许多海边渔民的民宿，都以伊势海老作为招牌，味道不用多说。喝了一瓶清酒，酒劲加上累乏，吃完饭，八点钟就睡了。

← 民宿椿庄的晚饭

十一月十九日（火曜日）

下田餐叙，奶牛

从昨晚八点，一直睡到今天早晨六点半，十个半小时，这回在日本睡得最长的一觉。

和老板娘结清两天的膳宿费，共19000日元，包括了酒和入汤税。临走，老板娘塞给我几个橘子。

今天海上起风了，明显比前两天冷。买了经松崎去下田的车票，1150加1230日元，共2380日元。土肥观光事务所和公车售票处在一起，拿了几张免费明信片，都是红富士，可惜没有邮票卖，到下田再说吧。

土肥位于一个海湾里面，北边的旅人岬恰好挡住了富士山。在土肥是看不到富士山的，不过往北或者往南，又都是眺望富士山的胜所。

公车沿着伊豆半岛西海岸由北向南行驶，先到土肥轮渡码头，接上九点刚刚从清水港过来的轮渡。船上下来三个女生，上了车，听她们兴奋地说着奶油味的国语，知道是台湾来的游客。她们是专程从静冈渡海过来，到恋人岬看富士山的。位置好、交通方便的藤泽海岬，又取了一个浪漫的名字——恋人岬，自然是游客的首选。沿途经过的黄金崎、娘里、田子岛都是很美的小渔村，也看到了把我拒之门外的仁科。车到堂之岛，海边有大型度假旅馆。几座海里的小孤岛，上面长着松树。

十点二十到松崎，换乘十点三十八分的车往下田。从松崎开始，公车向左转九十度，不再沿着海岸，而是穿天城山直插东南到下田。在土肥民宿椿庄，曾经让老板帮我推荐一家下田市区的民宿，他很为难，说市区没有，他有个朋友在下田须崎开了一家不错的民宿。须崎离下田市区坐车要半小时，想想还是算了。下田住哪里，还没有着落呢。自己在日本旅行，这是第一次没有事先预定旅馆。

十一点到下田火车站，直奔下田观光事务咨询处，开始与工作人员笔谈，告诉她自己的要求：市区、便宜。她介绍了两家，一家的价格是每晚4500日元，另一家是3800日元。前一家离车站近些，就拖着箱子过去了。十二点入住，又是一位欧巴桑，看上去有七十多岁了，旅馆打扫得一尘不染。我的房间在二楼，毗沙门间，六叠。下楼问欧巴桑，是不是可以洗衣服。来日本十天了，一直没有机会洗，脏衣服攒一堆了。老太太爽快地点头，可以可以。洗好晾上，又小睡了一会儿，午后一点半出门。

旅馆的巷子正对着宝福寺，这里有唐人阿吉的墓地和一个小博物馆。阿吉是蝴蝶夫人的原型，下田开港后，她服侍过美国外交官哈利森，据说两人还有一段暧昧凄婉的感情。小博物馆里有十几个日本游客，借助电影等大众传媒，阿吉在日本是个家喻户晓的人物。西方与东方接触，西方男人与东方女人的关系总是令人唏嘘感叹的；类似的故事，中国也有，最出名的是赛金花与瓦德西。除了阿吉，坂本龙马与宝福寺也有关系。龙马从土佐脱藩后，身份由武士变成了浪人。没有了武士这顶红帽子，是自由了，但是从事政治活动，毕竟需要一个公开的组织身份和平台。脱藩后，他是被土佐藩通缉的犯人，很不方便。后来胜海舟利用他与土佐旧藩主山内丰信（容堂）的私谊，在宝福寺成功说服山内，让龙马重新归队获得武士身份。日本人把这件事称做"龙马的飞翔"，诗化色彩很浓。说白了，就是恢复龙马的"党籍"和"政治权利"。现在阿吉和坂本龙马是宝福寺招揽游客的金字招牌，门前广场二人的招牌的确很大，门票400日元。

从宝福寺出来，听到背后有人喊自己的名字，一回头，果然是止庵和他女友。止庵也计划这段时间在日本旅行，离开北京之前，我们已经约好今晚到他下榻的旅馆聚聚。现在大街上碰见了，他乡遇故知，真是令人高兴，虽然这相遇有点设计的成分。他们说，之前就想会不会在路上碰到我。下田城不大，街上行人也不多，又不是旅游旺季，如果看到一个人，背着包闲逛，那八成就会是我。还真让他们说中了。

接下来就是三人团，节奏比我一个人快多了。

先去了仙寺，这里是佩里在下田的住所，现在建了一个黑船博物馆；里面展示佩里和黑船的材料，大多引自英文版的《佩里远东航海记》。舰队随军画家的铜版画，真实地描绘了当时日本人的生活状态，是不可多得的史料。日本人也画了一些美国海军人像，夸张的浮世绘，看上去美国人都是怪物。研究近代远东历史，尤其是想知道那时的日常生活图像，还是要靠西洋人。这一点，日本与中国半斤八两。如果没有马嘎尔尼使团画师的那几十幅画，我们恐怕无法形象地了解乾隆末年的社会百态。罗森那本薄薄的小书《日本日记》，只能作为《佩里远东航海记》的补充而已。博物馆最里面的一个小室，有几尊藏传佛教造像，多是欢喜佛之类。佛像旁边还有四个大玻璃瓶装着大白萝卜，长成男女外生殖器的样子，估计生长时用了特制模具。不知道这个小室与黑船有什么关系，大概是招揽游客吧。

了仙寺往山上走一二百米，就是长乐寺，日俄洽谈订立合约的地方。俄国人看到佩里与幕府有了个《日米神奈川条约》，自然不会落后，积极跟进，签订了《日露下田条约》。清朝与英国签订《南京条约》是在南京海光寺。中日这两个国家，开始与西方政府打交道，既不在官衙，也不在客栈，都选择佛寺进行洽商，是一件有趣的事。

与久里浜一样，下田也有一条佩里路。路的东头是佩里下田上岸之地，有佩里的胸像。清朝人罗森随佩里舰队来日本，在下田住过，他在《日本日记》里对下田的风物人情有不少记叙："下田港心，有一小石岛居中，以为该处之水口。船只泊入于内,但见山环海绕,垣局稠密,虽有飓风,亦甚坚稳。……女人过家过巷,男女不分,虽于途间招之亦至。妇人多有裸裎佣工者。稠人广众,男不羞见下体,女看淫画为平常。竟有洗身屋,男女同浴于一室之中,而不嫌避者。……循海滨,过桥里许名柿崎,则有玉泉寺。寺外苍松阴翳,门向石岛,遮拦外洋泙湃之势。"

海风很大,赶在太阳落山之前,三人去了罗森说的石岛(弁天岛)和柿崎玉泉寺。

一百五十九年前,黑船就停泊在眼前的海湾,下田成了全日本的焦点。那些关心国家大事的志士,都急切地想来这里一探黑船的究竟,吉田松阴就是其中一个。他不仅仅满足于看黑船,甚至从弁天岛跳到海里,游到黑船上,要求水兵带他到黑船的老家美国看看。松阴是幕末尊王攘夷思想的教父,后来被幕府下狱处死,不过他的许多学生却成了倒幕和明治维新的中坚。弁天岛立有"吉田松阴踏海遗迹"石碑。

玉泉寺是日本历史上第一个西方领事馆,门前苍松依旧。美国领事哈利森在下田办了两件有意思的事,一件是与唐人阿吉的一段感情,另一件是带来了奶牛,这是全日本的第一头奶牛。寺内有一块刻着奶牛浮雕的"牛乳的碑",叙

玉泉寺，"牛乳的碑"

述哈利森不仅建议当地人喝牛奶,还用牛奶给人治病。哈利森代表美国与日本办过什么外交,那是少数研究历史的人关心的,而阿吉和奶牛,全日本都知道。

晚饭在止庵下榻的泉庄,加了一人的晚餐,酒店多收了5000日元,品种质量当然与土肥椿庄无法比,但是酒店特意给了一个带室内温泉的套房,为我准备了一套泡汤换穿的和服,很是周到。止庵喜欢日本的理由,首推温泉。他说一天要泡六次汤,如此这般,十天半月,他的颈椎病就痊愈了。不过回到北京不久,颈椎又开始痛了。他有温泉集邮的癖好,手上拿着日本百大温泉的名录,已经去过不少,假以时日,必将功德圆满。与我一样,止庵是小津电影的拥趸,我告诉他镰仓有原节子的展览,他立马说回东京的路上去看。他问我去过小津的茅崎馆了没有?我说,还没去,明天去热海,顺路过去看看。止庵又问,你在西伊豆,看到红富士了吧?我说,嗯,看到一筐红富士。得知明天他们去松崎,就建议去大久保恋人岬最好,还谈到其他人与事。

赶在晚上十点半之前,回到旅馆,欧巴桑已经替我铺好了被褥。

旅馆附近有一家很好的食品超市,下午从玉泉寺回来,顺道买了些早饭要吃的东西。当然要买牛奶。

十一月二十日（水曜日）

茅崎馆的天花板，椰树叶

早上八点二十分，列车准时开出伊豆急下田站，沿着伊豆半岛东海岸线，前往热海。我会在热海转东海道本线去茅崎，看看小津与野田高梧切磋打磨电影剧本的地方，小津电影的本阵，茅崎馆。

从下田到茅崎，车票 2680 日元。

刮了一夜的风，天空透亮极了，想起初冬的家乡青岛。选了一个右边靠窗的位子，拿着地图，比照着列车经过的地方，在车站地名上画圆圈。暖气从座位底下升上来，腿烘得痒痒的;阳光透过车窗照在脸上,忍不住要打瞌睡。三年前,坐车经过纪伊半岛的东海岸,新宫到名古屋,那条线的风景更漂亮些。

十点十分到热海,旅客多是换乘东海道本线上行或者下行。从站台望下去,濒海山坡上楼房鳞次栉比,人气很旺。热海在伊豆半岛与湘南海岸的衔接处,背靠富士山,犹如富士山的阴部。

十一点十分到茅崎,再坐一站就是藤泽了,几乎到了镰仓边上。在车站观光咨询处询问去茅崎馆怎么走,工作人员拿出一个茅崎馆的小册子,上面有路线和食宿价格。拿着小册子,沿东南方向朝海边走,大约三十分钟就到了。茅崎馆路口有一家饺子馆,名曰"支那料理"。

拉开茅崎馆的门,站在玄关,喊了几声,无人应答,只好伫在那里等。旅馆建筑用的木头,有一种自然的岁月感,不是"做旧"的手法。等了十几分钟,一个欧巴桑从里面跑出来,一边鞠躬,一边连声说"对不起,对不起"。我说自己是小津的影迷,并不住店,只是想看一下。老太太用不太熟练的英语说,没关系,欢迎,欢迎。让我换鞋,带着我参观。先是玄关旁的西式会议室,里面挂着小津安二郎、野田高

茅崎馆女主人赠送的明信片和文章复印件

小津在茅崎馆的房间——二番间

梧与茅崎馆第四代店主的合影,欧巴桑说,那是她的丈夫,她是第四代店主的太太。然后就是小津住的二番间、野田的房间,以及他们讨论剧本的大房间。特别指给我看二番间和大房间被熏黑的木制天花板,那时房间里可以拢火、烧水或者烤些东西。小津在屋子里做他的寿喜烧,还有牛肉火锅,现在这些烟熏痕迹已经是茅崎馆的传奇了。她指着窗下的芙蓉花,说那是小津喜欢的。又说,小津喜欢喝酒,时常早上起来就喝。晚上剧组在小津房间里,大家会先喝日本酒,再喝白兰地,最后还会喝点药酒。别人喝醉了,也会睡在小津的房间里。小津有时坐在二番间露台上喝完酒,偷懒不走正门,直接下露台穿过院子去海滩。欧巴桑特意带我去看了浴室,指着多边形的木制屋顶对我说,这是一百多年前开业时就有的,现在茅崎馆已经被当地登录为有形文化财。我问他,是否有中国人来,她说,偶尔会有,还有从美国、瑞典、英国来的。我说似乎现在的日本年轻人不太知道小津了。她连连点头,说他们更熟悉谁谁谁,我没听懂人名,她写汉字给我看,哦,北野武。我告诉她,小津在中国有不少影迷,她很高兴地说,知道知道。老太太虽然英语说得不太好,但是写出来的英文单词却很漂亮。她说原节子那时也住在这里，我说刚刚在镰仓看了原节子的展览，还给她看了我拍摄小津墓地的照片，她露出惊讶和感动的神情。她指着客厅里的小津电影海报，说，这个已经不在了，这个也不在了；指到原节子，说，她还活着，住在镰仓……临走前，老太太送给我三张明信片和一篇文章的复印件，告诉我，明信片上小津的照片就是她丈夫拍的，那篇《小津先生与茅崎馆》的文章，是他丈夫写的。

十二点五十茅崎上车，午后一点四十五到热海。接下来就是气喘吁吁地爬山，说是伊豆山神社，其实快到箱根了。经过半山坡著名的MOA美术馆，镇馆之宝是尾形光琳的《红白梅图屏风》，非常有名，下回吧。伊豆山神社在一个小山顶，神社参道入口有一株千年梛树，梛树的叶子正背纹路相同，又是成对长在枝条上，被视为爱情忠贞不渝的象征。神社把梛树叶子塑封起来，做成爱情护守来卖，销路还不错。北条时政反对政子与源赖朝的交往，把女儿关起来；政子趁夜色逃出北条庄，翻过伊豆山，来到热海的伊豆山神社，与等在这里的源赖朝相聚。神社里还藏有一张曼陀罗图，那是赖朝去世后，削发为尼的政子向神社进献的，据说曼陀罗正中的梵文是用政子的头发编织的，寄托了政子对赖朝深厚复杂的感情。神社参道的下面有一座很不起眼的小石桥,初逢桥,是政子与赖朝重逢的地方。因为有赖朝与政子的故事,来伊豆山神社求美满姻缘的年轻人络绎不绝。源赖朝与北条政子定情的石头就搁在神社院子里,有两对情侣正对着石头拜拜。院子有一块"征清军凯旋纪念碑",记载当地户籍居民入伍参战的情况。神社一鸟居对面有一茶馆,名曰"权现茶楼"。

午后三点搭公车下山,票价180日元。

热海车站的站台上吃了一碗乌冬猪肉面,420日元,迟到的午餐。

三点三十五热海发车,到城之崎海岸站,已经是四点十五分了。从车站到城之崎灯塔吊桥,大约有一点五公里,好在是下坡路,在太阳落山之前,赶到吊桥。这里是日本著名的"心中"(情死)之地,没有想象中的险峻,原来以为是一块孤石在海中,吊桥连接陆地孤石,其实吊桥只是连接了一条海沟而已。这一带似乎是富人的夏季别墅区,秋冬季节,没有几间屋子亮灯。

城之崎海岸车站是一个小站,只有一个值班人员。五点多,值班人员收拾完东西,锁好门下班了。车站除了我,还有几个放了学的中学生，不愿意回家，坐在那里聊天。

六点四十回到下田。

下田往返茅崎，来回大约用时五个多小时。这是自己喜欢的旅行方式：随着晃荡的列车前进，开始间离，自己好像已经不是原来的自己，不同参照系里的平行人生，生命的速度似乎已经变快或者变慢了。

去超市买了食物，1100日元；回到旅馆，一边吃，一边看电视。

NHK正在播放关于中国社会矛盾的专题片，……作家余华的采访很长，是重头。片子的背景画面是王府井商业街，他们认为那里和天安门是最能代表中国的吧。而我，一年也去不了一回。

今天周三，NHK晚上十点档有"历史解密"系列。这一期是"女医荻野吟子"，吟子四十岁，志云二十七岁，两人结婚后共同开拓北海道金今町的医疗事业。去伊豆山神社，就是因为看了这个系列的第一集"赖朝与政子"。

外出时，老板娘帮我收了晒好的衣服，叠好放在房间里。

十一月二十一日（木曜日）

三岛由纪夫果子，石廊崎

起床有些晚，昨天跑得太累了。

牙套不知道什么时候从嘴里不见了，把被褥仔细翻了两遍，也没有找到，最后发现放在桌几上，不会是梦游了吧。

上厕所，泡汤，吃早饭，每天早上老三样。

罗森在《日本日记》中写道："下田，……其街则有大工町、伊势町、店之町、池之町、新町十余条。……"百年以来，下田市区的街巷格局几乎未变，我住的旅馆就在池之

三岛由纪夫喜欢的果子店——日新堂

町。沿着池町通、伊势町通往南走,去神气汽船下田办事处,取朋友帮我预定的船票。

伊势町通和大横町通的交叉口,有一间果子店,日新堂。昭和风格的房子,在周围新鲜建筑里有些扎眼。果子店橱窗里有些剪报,凑上去看,原来是报道日新堂与三岛由纪夫的交往。剪报上还介绍一本关于三岛与下田的书,作者就是这家店的女老板。进店,翻了翻样书,才知道三岛是在下田开始写作《丰饶之海》的最后一部《天人五衰》。三岛剖腹自杀那一年夏天,他和家人一起来下田海滨避暑。女主人说,一九七〇年,她只有十五岁,三岛经常从海边来他们家买果子。三岛对她说,这是他吃过的最好吃的果子,希望今后味道不要变了。很可惜看不懂日文,否则就会买一本了。书没买,果子总要买的,170日元一枚,细甜细甜的。果子店的海报上特别注明:这是三岛由纪夫喜欢的果子店。不远处的松本旅馆汽车库也有意思,唐人阿吉工作过的安直楼也保持着江户末期的模样。

到汽船办事处,告知明天开船前才售票。

回来顺路去看了下田公园的开国广场和开国纪念碑,修建的时间是一九五四年,恰逢幕府与佩里缔约一百周年。

那个时候，日本战败还不到十年，首相吉田茂为开国纪念碑题名，题名的两侧，分别是佩里、哈利森的青铜浮雕，并用英日两种文字把佩里和哈利森的话嵌在上面："我到这里，是作为一个和平的缔造者。""我的使命，是谦逊的友好使者。"纪念碑顶部立着一只青铜和平鸽，一团和气。从一九三四年开始，每年五月，下田会举办"黑船祭"，市民在城市街道游行跳舞，有时候驻日美军也会参加。把外国军舰强行进入的事件变做嘉年华，这是日本与中国的不同之处。一九七九年，时任美国总统的卡特访问下田，关于此事的纪念碑在广场一角。开国这件事上，下田与久里浜有些竞争的意思。准确地说，久里浜是美国舰队首次登陆地，而下田是《日米神奈川条约》商定的开放地之一，另一个是北海道的箱馆。幕府其实不想在江户附近开放港口，而离江户过远，美国人又不会答应，选择下田是一个妥协。

开国广场往山下走，有下冈莲杖纪念碑，纪念碑由涩泽荣一题写。下冈原来是学习狩野派的画师，在下田，他从西洋人那里接触到了照相术，一旦了解摄影能比绘画更快捷更真实地记录现实，他就丢掉画笔，拿起了相机，后来成为日本的摄影之父。纪念碑上说，在东京游就馆里的台湾、日清战争的照片，大都是他拍摄的。

沿路去看了泽村邸，现在辟为一小博物馆，正在展览下田出生的艺术家大久保妇久子的皮革艺术，玩皮革玩到这个水平真是不易。泽村邸外墙是下田特色的白底黑色条纹墙，黑色条纹是凸出来的。路边摆着一袋袋的橘子，自助式售卖；拿了一袋，往挂着的小竹筒里投了200日元。

又去一次了仙寺，这座日莲宗的寺院，已然把大殿更名为"开国殿"。大殿的对联有些意思，上联：日米缔交法灯下，下联：和亲友好万世擎；佛祖成了两国缔约的见证人。

回旅馆路上，有一家"青岛美发厅"。

中午小睡。

午后去伊豆半岛最南端的石廊崎。下田站坐下午一点二十的车，票价860日元，沿着伊豆半岛南海岸开了四十分钟。下车，碰到一位维修山顶气象观测站的小胖子，一起往山顶爬，气喘吁吁。他问我，要在日本呆三天？五天？我说十八天，看他没听明白，就伸出一只手翻了三次，又伸出三个手指。他问我看什么呢？到山顶，有一个亚热带植物园，小胖子指给我去灯塔的路，就分手了。灯塔都差不多，白白的，像个雪人。灯塔下面悬崖有一个凹进去一两米的石缝，石室神社就建在石缝里。我到的时候，祢宜急着下班，看着我，等了一会，确认没有业务需求，开始换衣服，上门板，锁门，朝我笑了一下，径自登石阶走了。海尽头的一块孤岩上，有一个小的神龛。风很大，紧紧地抓着栏杆，心惊胆战，生怕给吹到海里去。想起了陕西佳县的香炉寺，无论中日，神灵大概都是杂技高手。这些岩石呈现明显的火成岩特性，与十年前在内蒙阿尔山看到的一样。三点下山，顺着海边走到大濑口。中间经过三个小海湾，海湾里的礁石上面长着松树，比前天在堂之岛看到的还要漂亮。后来才知道，那是一处名胜，蓑挂岩。站在大濑口站等车，三四个放学的小学生，一边大声叫着，一边往海里面扔石头，还不时回头看看我。

午后四点零三分，车来了，很准时，与站牌上预告的时间一分不差，790日元，又是我一个人的专车，上车后很快就睡着了。到下田站，已经五点了。在车站超市买了目鲷的鱼生。红目鲷是下田有名的地鱼，其实就是红加吉，吃起来口感有些偏软；喝了一个月桂冠口杯。

现在是晚上七点，在旅馆附近的"可否"咖啡馆，要了一杯手冲的黑咖啡。咖啡馆里算上我一共有三位客人，都

日文"珈琲"一词之流变，摄于下田的"可否"咖啡馆是中年男性，老板娘没有文艺范，像个邻家主妇，与那两个客人很熟悉。放的音乐是钢琴JAZZ，操作区的地面要比客人区低十公分，本来就不高的女主人，做咖啡时，就显得更矮小。桌面有一层玻璃，下面铺满了咖啡豆。柱子上挂着一套幼儿园女生的服装，不像是穿的，更像是装饰物，感觉有些怪怪的。咖啡馆最大的特色，就是满坑满谷的咖啡杯，书架上，墙上，柱子上，横梁上，但凡能有点儿地儿，就会有杯子，咖啡杯像咖啡香味一样充满了整个房间。老板娘说，这家店，已经有四十年了；这些杯子，都是从世界各地带回来的。"可否"的日语发音，与咖啡是一样的。

可否咖啡馆有WIFI，查了查邮件，发了两条微信。新井来邮件约我下一个月曜日（周一）十一点半，在新宿纪伊国屋书店门口碰面。

过去的八天，一直过着没有WIFI的日子，似乎也没耽搁什么。

十一月二十二日（金曜日）

文士汤，武士汤

早晨六点四十起床，上便所，泡汤，吃早饭。

八点出门，先去附近的邮局，想把明信片寄了，到了才知道邮局九点开门。只好折回到旅馆，拜托欧巴桑买邮票帮我寄。

八点二十到码头，付款，取预定的票，下田—式根岛，式根岛—东京竹枝，两个航段，总共 10530 日元。

乘船的人当中，年轻人多是结伴去伊豆诸岛玩冲浪的，上年纪的都是钓客。开船时间还早，扶着船舷上的栏杆，看吊车把各种生活生产物资装上船，其中还有一桶桶的"月桂冠"。伊豆诸岛除了大岛有机场，其他岛屿的物资全靠船运。汽船现在停靠的下田港，就是川端康成的小说《伊豆舞女》结尾，小薰与"我"分手的地方，"我"乘船去了东京。不远处，一艘山寨版的黑船，在港湾里转了几个圈，驶出港口；过了一会儿，又转回来，这是一旅游观光项目。

九点钟，汽笛响起，船准时起锚，向南方开去。

船开出的第一个小时，一直坐在甲板的椅子上，船体随着波浪摇晃着，溅起海浪的水雾不时打在脸上。石廊崎灯塔，远远的，就像是一只白色蚜虫。富士山的下半身被伊豆天城山遮住了，只能看见圆锥的顶部。船驶近利岛的时候，开始感觉不适；下到和式船舱，躺下休息，半睡半醒了一小时。十二点，船靠新岛，自己的反应更加厉害，早上吃的牛奶和奶酪，一个劲儿地从胃里返上来，靠在上下船舱的扶手，一种喝酒喝大了的感觉，头上身上全是汗，几乎要吐了，这还是我第一次晕船。到式根岛下船，开始提箱子都困难。踏上岛，接了地气，走几步，渐渐缓过来了。

观光案内所现在是午休时间，要午后一点半才开门。快到点时，一个小伙子开车来了，白白净净，既热情又礼貌，像我认识的一个苏州朋友"小金"。"小金"不会说英语，我们在纸上笔谈。了解了我的要求，他就开始打电话，打了两三通，告诉我，联系好了。不一会儿，民宿老板娘开着小面来接我，还跟着一个三四岁的小女孩，很害羞，我上车后，她一个人躺在后排座上，老板娘也不管她。民宿的位置稍有些偏僻，这个季节，岛上营业的民宿屈指可数。

式根岛有三个天然室外温泉，地铊温泉、足付温泉、松下雅汤，其中地铊温泉最有名。在民宿看到一张日本温泉的排行榜——"露天风吕番付"，地铊温泉是"张横纲"，名列东日本第二，仅次于"横纲"群马宝川温泉。不过，刚才"小金"告诉我，由于遭到台风破坏，安全起见，地铊温泉关闭了。

吃了一片面包，找出泳裤和浴巾，泡野汤去，先从足付温泉开始。足付温泉在海边的一片乱礁石里，木制更衣室已经被台风吹散了，还没来得及修。只好在岸上换衣服，赤条条的，原生态得很。找了礁石中间的一个小水湾，先用手试试水，温温的；蹲着下去，让海水没到脖子，只露出头。用手拨开水底的沙子，地下的石头是热的。泡在温暖

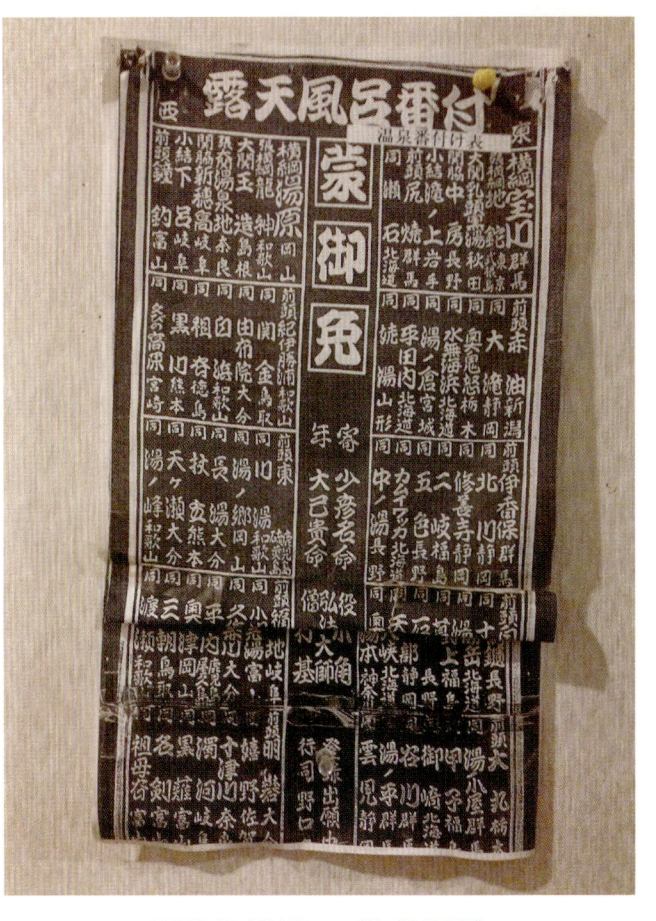

日本露天温泉排行榜——"露天风吕番付"

足付温泉

松下雅汤

的海水里,眼睛平视着辽阔的太平洋海面,海潮轻轻涌动,偶尔飞过头顶的海鸥叫声,潮骚。由足付温泉去松下雅汤,要经过一段松阴之路,从未走过这么美的小径。松下雅汤就在松阴之路的旁边,怪石虬松,淡黄雅汤,一幅天然画卷。仅仅是足付、松下就已经让我觉得晕船晕得值了,来式根岛是赚到了。天色尚早,既然来了,索性去地铊温泉,看一眼也好。从松下雅汤爬上坡,再向西走大约十分钟,到了一个大山沟上面,这儿就是地铊温泉的入口。入口拦着木栅,写着"危险"的警示。往下看,两座大山之间的狭窄深沟,从顶部延伸下去,沟底最后变成峡湾。告示牌旁停了一辆小皮卡车、一辆自行车,猜测下面应该有人。耐不住好奇心,就沿着只能走一人的台阶下去,两边悬崖都是裸露的石头,随时都有掉下来的危险,原来是用巨大的铁网罩着,前些日子台风来袭,有些铁网已经脱落了。台阶被冲毁了许多段,上面散落着大大小小的碎石。还没走到谷底,一股浓烈的硫磺味道扑面而来。礁石中间的海水湾子里,两个老头正悠闲地泡汤聊天。看见我下来,并不诧异,朝我挥挥手,指了指礁石里一个水湾,"よしよし(要洗要洗)"。水温比之前的足付温泉高多了,感觉泉眼就在自己的屁股底下,热水一汩汩地冒出来，烫。下面就是一座活火山，滚滚炙热的岩浆正在地下N公里的某处酝酿，自己真是坐在火山口上了。浪涌过来，海水漫过礁石，"浴盆"（水湾）里的水迅速分做上下两层，温度差了几十度，冰火两重天。一个老头站起来，身上冒着热气，精瘦精瘦，没有一点赘肉，爬到一块礁石上，从衣服堆里找出纸笔，写了些什么，和着海浪，大声诵读。两侧山崖上是青灰色的石头，寸草不生。靠近海边的山崖与礁石一样，全是硫磺熏过的红褐色，犹如炼狱，这是此次东国之行最奇绝的景色。如果说，刚才的松下雅汤是文人雅士之汤，那么，地铊温泉就是武士之汤。

岛上有一个邮电所，回来的路上买了邮票和明信片。

式根岛隶属东京都管辖，只有四平方公里，面积比北京大学燕园校区大一半，周长却有十三四公里。居民约五百人，有一所设施完备的中学（游泳池、运动场、室内体育馆），一所完全小学。日本政府发行国债，国债占GDP的比例很高，但是能用在像式根岛这样的地方，也算是国民之福。岛上有两个超市，主要做夏天旅游旺季生意。那时候的式根岛，肯定是人潮涌动，一床难求。而现在，除了我，路上连个鬼影都没有。银河无比清晰地悬在天上，还有风声，偶尔的狗叫。

原以为民宿只住了自己，吃晚饭的时候，竟然有五位旅客，其中一位也是从下田过来的，在和老板一起喝酒聊天，他们应该是朋友。一对男性旅伴，有点卿卿我我。还有一个年轻人。

晚上风很大，有些冷了，把空调打开。今天是约翰·肯尼迪遇刺五十周年，NHK正在播放专题片。肯尼迪的女儿是作家，刚刚被奥巴马任命为驻日本大使，来日履新，报道采访很多。京都的红叶季到了，不过 NHK 说受台风影响，岚山的红叶被吹落不少。又是台风。

这间民宿的条件比较简单，连换的和服也没有；不过有 WIFI，与国威兄微信聊了聊，他不知道式根岛。

十一月二十三日（土曜日、祝祭日）

伊豆诸岛—东京

早上六点半就醒了，七点吃早饭。岛上民宿的饭真是一般，这也是没法子的事情。小岛什么东西都要从外边运进来，甚至我们吃到的海鲜也是运进来的，岛上不太可能比下田土肥吃到更多品种的海鲜。至于钓的鱼，那更稀罕了，还不够岛民自己吃的呢，刚才还看见有人给民宿老板娘送来两箱冰鲜鱼。岛上的淡水用海底管道从新岛输送过来，垃圾也要集中起来运出去处理，神仙岛上生活成本是很大的。式根岛的卖点是沙滩和温泉，其他的就凑合了。

民宿要求 CHECK OUT 的时间是八点半，早饭后结账，算上昨晚喝的清酒，总共 8500 日元。时间还早，去外边转转。

风停了，鸟鸣不断，很多椿树花，好看，只是不香。由民宿向东，经过派出所，到小口子公园。野草地里，观海大方便一次。岛上的松树，看上去都有几百年了，而开岛（有人定居）才一百多年，可见保护得很好。小小的石白川海水浴场，沙子很白很细，夏天肯定是一锅饺子。沙滩上捡了两个珊瑚虫尸体贝壳，作为留念。又去松下雅汤，脱鞋泡了泡足汤。回去路过林间小径，有些诡异，阳光很好，却不能很好地透进来，恍惚是走在水底，微风吹过，树枝像海藻般轻轻晃动。去超市买了水和面包，当做船上的午饭。超市里一瓶水的价格与民宿门口伊藤园自动售贩机的价格相同，都是 150 日元，与东京的也差不多。民宿没有汤池，只有一个不锈钢的浴盆，本来还想去岛上的大汤池温泉憩泡个汤，要十点才营业，作罢。

民宿老板娘开车送我到野伏港码头，道别。等船回东京。

码头上渔钓的人不少，只有一个老头手气不错，上钩了三条。等船闲着无事，看他现场摔鱼，然后在砧板上刮鳞，剖肚，把揪出来的鱼肠鱼肚扔回海里，用海水把鱼洗干净，

伊豆诸岛—东京

再用小桶打上海水，把散落在地面上的鱼鳞冲洗到海里。

十点十五分，汽船从神津岛开过来，乘客下船，除了钓客，就是走亲戚的。

相较于新岛、神津岛，式根岛很平坦，从海上回望，式根岛就是一个平平的条案，而它南边的神津岛像是端坐的一个人，神津岛也是活火山。

这艘船的吨位是昨天的两倍以上，再加上今天风浪小，在甲板上，胜似闲庭信步了。每当船驶离一个港口，船上就会响起《友谊地久天长》，熟悉的旋律，真是感动。收到了李雪涛自北京发来的短信息。

慢慢地，富士山从伊豆群山后面露出头来，虽然很远，仍能感觉到那巨大的体量。

大岛是伊豆群岛的首府所在地，下船的人很多，其他各个岛要办事或者搭乘飞机都要来大岛。离开大岛，就去和式船舱睡觉了。醒来，差不多午后四点。到甲板，船正在东京湾的入口，看见了久里浜的地标：东京电力公司三个高耸的烟囱。富士山又变成粉红色，航道上繁忙起来，几十万吨的油轮、集装箱货轮来回穿梭，这条航道是日本连接国际市场的交通大动脉。从久里浜到横须贺，一个小时的船程，岸上是一连串密密麻麻的工厂码头基地，这里是日本经济最发达的地区。

晚上六点零八分，船停靠横滨港。上来的人不少，从横滨搭船到东京，大约一个半小时，这些人是来体验船上看夜景的吧。从甲板上看过去，横滨的夜景很绚烂，日本第二大城市，港都啊！近处港区的几十座巨大吊车，顶部闪烁着红色的灯光；远处的三座地标式建筑，一座高高瘦瘦，像是一只黑影里的鹤；一个摩天轮，转动变换着五颜六色；一个高技派风格的建筑，两侧曲线清晰，像是用太空材料制作的古希腊战士头盔。船停靠的大栈桥尽头，是一栋昭和时期的老房子，有点儿像上海的"一百"，相比前面那三栋新建筑，无论是灯光、体量，还是传达出来的想象力，都暗淡了。

汽船从横滨调头向南，驶出横滨港区，再转向北。明显感觉船速加快了，或许是旁边参照物增多了的缘故？

看见彩虹桥了，还有红红的东京塔，塔的旁边在放焰火。从绿色装饰的彩虹桥下穿过，晚上七点四十五分，准时停靠竹枝码头，《友谊地久天长》再一次响起……

在大门吉野家吃了一份牛丼，630日元。拖着箱子，经过增上寺山门，这可是 NHK 大河剧里经常见到的地方，只能擦肩而过。三田线直接到神保町，樱花旅馆在神保町的西头，房间不大，清洁整齐。这一带自己比较熟悉，出去转了一下，又吃了一碗豚肉面，400 日元，还买了酸奶。回到樱花，有了 WIFI，似乎需要处理的事情也就多了。洗澡，躺在床上，想明后天的事情。

十一月二十四日（日曜日）

跳蚤，《浮草》与昭和馆

最累的一天，脚出了好多汗，回到旅馆，脱下袜子，脚底板都被汗浸白了。洗过澡，舒服多了。现在是晚上九点零五分，在旅馆一层，边喝大罐麒麟啤酒，边写日记。

早上六点五十起床，旅馆提供早餐，红茶、吐司、小包装的果酱和黄油。坐地铁去富冈八幡宫，没买转换券，多花了190日元。东京运营的地铁线路，分属不同的公司，由甲公司换乘乙公司的线路，不买转换券，就要多花钱。

到富冈八幡宫是八点四十分，逛古董市要赶早，卖的比买的多，才可以找到好东西。看中了一个猫头鹰形状的铸铁盘子，盘底还刻着作者姓名，出自日光的某个工坊；问了价钱，2000日元；拿在手里掂了掂，估计有五六斤，回程行李不会超重吧。古董市（跳蚤市场）最吸引我的，就是呈现出来的不加修饰的混乱、匪夷所思的混搭。带小鸡鸡的塑料男娃娃，昭和时期神社破旧的奉纳箱，大大小小的和果子模具。海龟标本的"邻居"不是一堆旧衣服，就是精致的瓷器；一九三〇年代出版的夫妻生活指南与七七八八的电子表机械表摆在一起。一件朝鲜李朝的长木盘，下面铺着波斯风格的地毯，木盘上放着一枝和风干花。相中了几本昭和八九年出版的歌本封面，和化洋风，雅致极了；2000日元一张，比较贵。回头买了那只猫头鹰，沉甸甸地背着去锦系町，赶下一个跳蚤市场。

十点半到锦系町，就在押下站南边一点，天空树做背景的跳蚤市场比富冈八幡宫热闹多了，有人气。热闹的原因，真跳蚤，真便宜。50日元、100日元的东西都有。有几个摊主居然还说着天津话东北话，整低价，咱们中国人是行家里手；估计过不了多久，锦系町非给中国人包圆了不可。买了

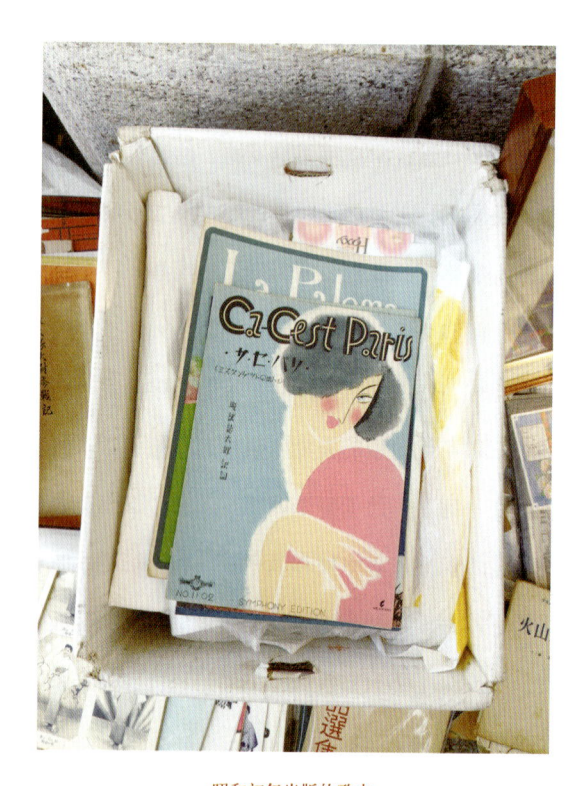

昭和初年出版的歌本

七样东西，计有：绿色瓷碗三个，750日元；可口可乐杯子，100日元；可口可乐小铁盒，300日元；树叶形状木碟，50日元；红色日本邮便邮筒两个，100日元；小瓷碟，50日元；三岛由纪夫《丰饶之海》之《天人五衰》精装的初版本，1000日元。古董级的东西只有三岛的初版本，这一个摊子上摆着太宰治、三岛由纪夫的作品，都是初版本，用硫酸纸包裹着，整齐如新。那本太宰治的《人间失格》封面真是漂亮，可惜是初版二刷。摊主是一个戴眼镜的老头，斯斯文文，与跳蚤市场不太搭调。真是巧，居然又碰到了止庵，正带着两个人扫货。一见面，他兴冲冲地说去镰仓看了原节子的展览，拿了几张展览小海报。听说我搞到一张原大的海报，他马上追着问，哪里有大海报？哪里有大海报？

十一点匆匆往回赶，去神保町看小津的电影。今年十二月十二日，是小津安二郎诞辰一百一十周年，同时也是他逝世五十周年的纪念日，小津出生与逝世是同一天。小学馆附属的神保町剧场，自十一月二十三日起，一直到明年一月十三日，每天都会连续放映小津的电影，把目前能够找到的三十七部拷贝悉数放映。我要看的这一场是十二点放的《浮草》。先到影院把票买好，1200日元，再回旅馆放下淘来的东西。没顾得上吃午饭，路上吃了几个橘子。

大多数观众都是中老年人，只有十几个年轻人。一百一十个座位的小影院，上座率几乎是百分之百，也可能今天是周日的缘故。据说《浮草》是小津自己最喜欢的一部片子，拍过两遍，战前战后各一次。虽然自己之前看过五六遍DVD，但是看大屏幕，感觉还是大不相同，之前忽略的许多细节，大屏幕呈现得清清楚楚。班主驹十郎被情人识破，老羞成恼时面部肌肉细腻变化；胖胖的理发店女老板要教训一下戏班小子，拿着剃刀，上手前，胳膊肘不经意地把乳房托了一下。中间逗趣的桥段，观众会发出自然的笑声，坐在日本人中间看电影，也是一种特别的体验。影院现场售卖关于小津的书籍和DVD，DVD的价格当然无法与北京相比。

电影散场，沿着靖国通，径直去了昭和馆。这地方幕府末期是蕃书调所，幕府组织翻译西方书籍的机构，建于佩里登陆后的第三年。昭和馆的设立，大概是模仿美国总统卸任后建立个人图书馆的意思。设计者是菊竹清训，整个建筑位于一个坡面，由底部三根不规则的柱子撑起，二层是一个公共活动平台，可以眺望皇居。整栋建筑没有窗户，外立面

昭和馆

是垂直的新型凹凸合金材料，向外凸出的线条自上而下，在光影的作用下，一条条的垂直线变得很活泼。昭和六十四年时间，是日本现代史上最起伏波动的年代。承继所谓大正自由的繁荣，随后发动侵华战争及太平洋战争，最终遭受美国投掷原子弹而战败。战后在美国管制下建立议会民主制度，经济起飞，成为世界第二大经济体。常规展设在六七两层，票价300日元。七楼是战争时期：佛寺里的梵钟被拿去炼铁制造武器；日之丸便当，一盒米饭上面放一颗梅子；各种陶制的代替钢铁用具，如陶熨斗；战时物资缺乏，实行供给制的布票、粮本、糖票；粮食匮乏，在东京日比谷国会议事堂前开荒种地。六楼是战后：全面倒向美国，繁荣的黑市阿美横町，议会选举海报，人物形象开始通通西化，烫着头；战争遗族的生活安置，母子寮。

晚饭吃了一份牛丼，350日元。逛了神保町的海报店和三省堂，买书共花去近一万日元。神保町人气比两年前差许多。

回旅馆，NHK在播大河剧《八重的樱》第四十七集，已经是倒数第二集了。

与赵刚电话约好，明天傍晚六点半在上野火车站碰面。

十一月二十五日(月曜日)

天妇罗,居酒屋

现在是傍晚五点四十五分,坐在上野火车站正面出口的咖啡馆,等赵刚。点了一杯黑咖啡,280日元,是这次在日本喝到的最便宜的咖啡。这家店还兼做销售信州的有机蔬果土特产,是地方农协在东京的窗口。把今天的事情记下来。

东京可以看的东西太多,很容易兴奋起来,大脑接受的信息来不及消化吸收,又有了欧洲旅行那种涨涨的感觉。

京都代表着古代日本,而东京更有朝气、更现代,能感受到日本经济文化跳动的脉搏。有机会的话,应该在东京住上一段时间,装作一个在地人。

……

游就馆,名字取典于《荀子·劝学篇》"君子居,必择乡,游必就士",门票800日元。庭院里有一座印度法官帕尔的纪念碑,帕尔就是那位战后在远东军事法庭上为战犯开脱罪行的印度人,碑文满是对他的感激之语。游就馆的玄关大厅很宽敞,有一辆泰缅铁路的机车车头,文字解说闭口不提日本军队强迫俘虏修筑铁路,虐待大量战俘致死的史实。游就馆有十八个展厅,如果要仔细地看,至少需要一整天。序厅里"和平女神",骑着马,手擎火炬,像个疯女人。整个展览,最有历史价值的是文献原件和实物,像人体鱼雷"回天"、零式战机、各式火炮等等,都是第一次见到。而解说词,贯穿着日本极右翼的思想,对历史事实进行歪曲。游就馆,就是日本右翼以靖国神社的名义而设立的"近代国史馆",用右翼的历史观来解释过去一百六十年来日本与周边国家的关系。如果此馆由日本官方出面设立,不仅中韩会严重抗议,就是美国也不会允许,所以让靖国神社这个社团法

游就馆里展示的泰缅铁路机车车头。

上野东照宫的绘马

人充当白手套，对外说是社团法人、民间行为，与政府无关。相比而言，官方设立的昭和馆，其布展及解说有些还是中性的，而游就馆则是彻头彻尾赤裸裸的右翼。

十一点半赶到新宿纪伊国屋书店，新井已经在门口等我了，去了附近一家专门做天妇罗的船桥屋，有一百五十年的历史。我对新井说，刚刚从神社和游就馆过来，她很惊讶地问，你去那里干什么？我已经有三十年没有去过了。小的时候去，是去逛神社古董市，那时的感觉与现在很不一样。聊起这次订伊豆仁科民宿屡屡被拒，她说，小地方的日本人外语不好，应该是怕无法沟通，服务不到位，嫌麻烦，索性不接待。听说我去了式根岛，新井说，夏天我们全家去，很难找旅馆，最后只好住在超市的楼上。现在应该人少吧？那里的温泉超级棒，你怎么知道的？我说到因日元贬值，这次旅行较之前实惠不少。她因为有一段时间没出国，在日本国内日元贬值对生活的影响似乎还不大。新井在中国某报开有专栏，定期有人民币稿费汇来，我说，你是富翁啦。她打哈哈说，是啊是啊。新井接着说，现在比较辛苦，除了一周上三次课，每天还要给两个小孩准备便当。问起她的儿子，她说，儿子不打棒球了，因为棒球队要求队员必须剃光头；他儿子不干，只能退出。我又问她，日本的天主教徒基督教徒，是如何处理与神道之间的关系？她说，日本差不多有百分之十的人信仰耶稣，他们对待神道，是当作民俗来对待的，譬如，七五三诣。新井说，现在中国很厉害，日本不行。我说你这是在恭维我们，她说这是实话。前几天，东京大学的副校长到她儿子的学校做报告，对学生说，现在第一要学会英语，第二要学会汉语，有了这两种语言，以后长大找工作就不愁了。我说，这不就是说的新井你吗？她咯咯地笑起来，说，她儿子回来也是这么说的。她对儿子说，妈妈有先见之明吧。我说通日英不难，通汉英也不难，难的是像新井你这样通日英汉的，真是人材。肯尼迪女儿是作家，现在来日本做大使，你以后也可以来中国做文化参赞，为中日友好做贡献。新井说，这几乎不可能，毕竟日本还是东方体制，那个外交圈，基本上都是东京大学的人。我吃着天妇罗，想起大河剧《德川三代》里家康的死与吃天妇罗有关，就问新井。她说，有这个说法。天妇罗是油炸之物，葡萄牙人带过来的，之前日本并无油炸食物的做法。天妇罗这个词，大概还是葡萄牙语音译过来的。吃完饭，她带我转新宿，指着纪伊国屋书店说，电影《追捕》里杜丘就是在书店门口被诱抓的。

又指着一家超大的UNIQLO说，里面不错的，去转转？我说，北京已经有好几家优衣库了。送她一瓶我从云南带来的油鸡枞，建议她下次带家人再去中国转转，可以偶尔随地吐个痰。

在纪伊国屋书店买了三本书，回旅馆休息。

下午去上野公园，不是周末，天气又不好，游人稀少。转到宽永寺东照宫，这里就是德川家康北辰之路的起点，向北连到日光东照宫。上野东照宫，照例也是德川家光修的，照例的金碧辉煌，照例有许多大名的献灯。江户时期，整个上野山都属于天海开创的宽永寺，是德川家的地盘。明治维新后，被分割成了几块。不知为什么，上野东照宫的绘马很多写着英文和其他外文。

东照宫不远，就是前川国男的东京都美术馆。

这一次，前川国男比做东京文化会馆时自信不少，外立面用的红砖，没有刻意去用拉毛水泥墙面。估计考虑了周围的建筑，美术馆有高度限制，所以采取下沉式加扁平化，入口在地下一层；地面三层的递进式玻璃转角，让人一下子想起德绍的包豪斯。这个馆的感觉，比柯布的国立西洋美术馆要好。如果说缺点，就是内部稍复杂了一点；自己去过屈米的雅典新卫城博物馆，屈米简洁通透。日本人还是喜欢绕弯子，改不了。

六点三十，赵刚来了，还带了一个日本朋友，小泉博之，是注册会计师；小泉能说一些汉语，娶了一个重庆妹子。我们去车站对面的馆子吃饭，有生鱼片、烧鸟、鸡蛋糕，喝了两杯啤酒。赵刚送我一个木制达摩扑满，我带的一瓶油鸡枞本来是要送他的，赵刚让给小泉了。小泉马上拍照，发微信给他远在重庆的太太，重庆辣妹子回复让他好好学习吃辣。男人在一起，自然要谈些政治军事、中日之间的关系等等。

餐后，转场到某地一个地下居酒屋。每月的二十五日是日本一些公司的发薪日，同事们下班后会放纵一下，我有幸见识到白天彬彬有礼日本人的另一面。居酒屋面积不大，有三个桌子。两拨客人，各自唱着荒腔走板的歌，嗓门比着看谁大。我们三个人夹在中间，只有听的份儿。小泉认识这里的女孩，所以就带我们来了。陪酒的女生共有八名，四个来自福建，一个来自苏州，一个上海，一个湖南，老板是一个二十出头的湖北女生，一副精明干练的模样，不愧是九头鸟。调酒的小弟，是我的山东老乡，来日本三年了，某高校的注册学生，专业是国际贸易，晚上来这里兼职挣外快。我相信他在这里学到的东西，要比教室里丰富多彩。湖南小妹来日本拿的是结婚签证。这里的每个人，都有一段曲折饱满的故事。坐着喝酒聊天，她们说不太愿意回中国，在日本买东西放心，吃东西放心，空气也好；觉得在日本呆久了，人都变得傻了，回国后经常被别人，甚至朋友骗。女孩说，日本人一扎堆，就人来疯；一边唱歌一边脱衣服，喝起酒来不要命，还看到有人喝死过。快十一点了，一拨人要走了，临走前，跑到我们桌子前，喷着酒气，摇摇晃晃地鞠躬，不停地说打扰了请原谅。

十二点前赶回旅馆，买的书和东西摊了一地，明天再收拾吧。

十一月二十六日（火曜日）

新建筑，飞机上的高仓健

旅行时，看得多些，还是看得仔细些，是件难以取舍的事。

早上八点起床，花了一个小时整理箱子，做好了超重的准备。九点下去吃饭，结账，寄存行李。九点五十出门。

三田线大手町换乘千代田线到明治神宫前（原宿）下车，先从丹下健三的代代木体育馆开始。代代木的两个馆就像是一大一小两只轻盈的纸鹤，要从台地上飞起来。台地用毛石铺就，自然拙朴的味道，喜欢。大体育馆的装饰墙和一些隔断矮墙采用大石块,会让你想起二条城的城垣,日本传统城堡的做法。体育馆高耸的屋顶柱,马上联想起神社的屋根,不过有了现代科技与混凝土,建筑师可以把屋根做得更夸张。某些评论说,代代木体育馆标志着丹下脱离柯布,开始了所谓"日本风格"的建筑,大概就是指这些吧,实际可能没有那么简单。台地的规划布局,大小体育馆各自的尺度,彼此之间的关系,依稀有雅典卫城上帕特农与厄瑞特利翁的影子。小体育馆体量有限,只有一根中柱,所以中柱出挑特别高,比大体育馆的立柱高许多,这样才不至于在视觉上被大体育馆"吃掉",从而得到一种动态的非对称平衡。而在代代木体育馆之前,柯布已经用混凝土做出了朗香教堂,不会不对丹下产生影响。还有大体育馆南北各有三个巨大的通气孔,怎么看,都是柯布的手法。代代木体育馆建成五十年了,仍然别致新颖,没有一点过时的意思。丹下健三的代代木体育馆,真正的意义是,日本建筑从明治维新开始学习西方,经过一百年,终于跟上了世界(西方)建筑主流的节拍。丹下健三引现代建筑之活水,对日本传统进行破坏式的改造,才会有代代木体育馆;否则,日本的建筑无非是循环与重复,做到极致,就是日光东照宫。

表参道原来是参拜明治神宫的参道，现在变身为东京最时尚的街区，风头甚至盖过银座。从西向东，TOD'S、DIOR、表参道之丘、护理协会……一个个建筑看过去。伊东丰雄的TOD'S是一"L"形地块，L形剩下的方形地块是刚刚竣工的BOSS，一中间收腰的水泥束，建筑师是比伊东年轻的团纪彦，台湾日月潭向山游客中心和桃园机场一期扩建也出自他的手笔。在伊东丰雄剩下的小地块上做文章，堪比"螺丝壳里做道场"，是需要胆识与能力的，结果团纪彦生生把BOSS"靠"在TOD'S上，让后者成了自己的背景。安藤忠雄改造的表参道之丘，拆除了建于一九三○年代的同润会公寓，很是可惜。最东头还留下一小截公寓，丝毫不逊色于安藤。青岛同江路以前有一幢沿坡地建造的山东大学教师宿舍，比同润会公寓的坡度还要大，从坡顶到沟底，呈现活泼的折线，是很好的现代主义作品，可惜九十年代拆掉了。表参道就是当代建筑师的舞台，每个人的作品都摆在那儿，一个挨一个，任由别人指指点点，称赞或者吐槽。

PRADA日本旗舰店在表参道东延长线的青山道上，像是一块碧绿的大果冻，框架支撑结构本身又是立面装饰。体

团纪彦的"BOSS"靠在伊东丰雄的"TOD'S"上

赫佐格与德梅隆设计的"PRADA"

量小，又不是政府项目，无需像鸟巢那样考虑方方面面，赫佐格与德梅隆可以放开手脚，很好地贯彻自己的想法。

青山道东端的根津美术馆，是东武电车创始人根津嘉一郎的旧居，他去世后改为美术馆，门票1200日元。美术馆是隈研吾做的，入口是他标志性的竹子。常设展有中国的青铜器、佛教造像，都是主人嘉一郎的收藏，美术馆的LOGO也是一个青铜羊尊的形象。正在举办的特展是"井户茶碗：战国武将的心爱之物"，这些茶碗都是十六世纪朝鲜制造输入日本的。有织田信长、柴田胜家、丰臣秀吉曾经使用过的茶碗，刀光杀戮之余，武士们借助茶道放空自我。买了一张特展的原大海报，500日元，这是第一次在日本美术馆买到展览海报。美术馆只占宅邸的一小部分，其余是个大园子。正是红叶季节，园子里一派黄澄红，恍惚间忘记自己是在东京的闹市区。其实，东京市中心很有一些公园绿地，像刚才经过的代代木公园，枝繁叶茂，简直是东京的大肺叶。根津嘉一郎自称茶人，院子中间还有几个茶室。园子看上去有些杂芜，不像一般日本园子那么整齐有序，处处人工痕迹；反而有中国园林的自然与散漫。根津嘉一郎是山梨人，贫苦出身，发家致富后，倾力于文化与艺术。我们国内巨富已经不少了,若十分之一的富翁有根津嘉一郎的见识,对文化艺术的推动,就不得了。不过,听说国内某首富正在筹建美术馆,还找了经纪人,有意从海外收购毕加索等人的画作,这是一个好的开始。

搭半藏门线回到神保町,吃拉面,800日元。去旅馆取行李,到上野搭京成线到成田机场。

机场称重行李,将近29公斤,把书和电脑拿了出来。免税店买了冰箱贴、羊羹、一小口杯清酒。还剩下15日元的硬币,做个纪念吧。

晚上七点,飞机起飞,爬升。清晰地看见下面两条河注入到东京湾,一条是隅田川,另一条是荒川,是我第一天搭东武线经过的河流。红色的东京塔,小小的,像黑色办公桌上的摆件。达美航班的机载电影节目,分类很有趣,日本电影、好莱坞、中国电影、科幻、动画之外,还有一类"邪教崇拜与独立电影制作"。选了一部高仓健与田中裕子合演的片子《只为了你》,一部情感旅行片,导演是降旗康男。高仓健饰演的监狱指导官,为了完成妻子的遗愿,开着车从北陆一路向西,场景从能登富山、飞驒、大阪、下关,抵达九州的平户，最后把妻子的骨灰送回故乡大海。路上遇见一些平凡而又奇怪的陌生人，北野武在里面出演一个好为人师，会讲心灵鸡汤的小偷。

这部影片可以拿来做下回西国旅行的攻略。高仓健真的是老了，嘴已经开始瘪了，不是杜丘了。

还有一小时到达，调回北京时间。

后　记

旅行时，有写日记的习惯。这本小册子，是二〇一三年秋冬，我在日本旅行的日记。那一次，来回总共十八天，主要在东京周边，最西到了静冈的清水港。

这里的"东国"，有东国之东国的意思。相对于大陆上的中国，日本在东边，太阳升起得比我们早，自然就是东国。圣德太子遣使隋朝，国书中有："日出处天子致书日末处天子，无恙？"东京现在是日本的政治经济文化中心，非关西能比。但是历史上，日本人称做"东国"的东京一带，很长一段时间都是经济文化落后的地方。"东国武士"一词，称赞其刚毅勇猛的底下，不免隐有讥其粗鄙。

东国之兴，肇始源赖朝创立武家的镰仓幕府。日本中世纪开始的武士制度，绵延七百年。明治维新后废藩，形式上的武士没有了，可是武士的精神已经深入日本人之心髓。这与中国历史有很大的不同，自秦始皇后，我们历史的主旋律是专制大一统，几乎没有封建。与自己不一样的事物，往往就会好奇。看过几本关于日本的书，还有一些电影和NHK大河剧后，就想去实地感知，身历其境，闻闻日本味，所以就有了那次东国之行。选择的地点，有源赖朝起家的伊豆韭山、武士之都镰仓、武士集大成者德川家康的静冈、东京、日光，还有幕末伴随着武士制度没落而开国维新的久里浜和下田。

去的那段时间，恰逢小津安二郎诞辰一百一十周年纪念季。关东一带，尤其镰仓湘南海岸，是战后小津电影的主要外场拍摄地。作为小津的影迷，自然不会错过。所以，旅行中还穿插安排了小津安二郎之路，看了一些与小津电影有关的地方。等这次旅行走下来，自己复盘了一下关注程度，小津与武士竟不分伯仲了。出发前做个计划是常态，但是旅行中完全按照计划表，机器人一样地亦步亦趋，也是无趣的。有点计划外的变化，行程中的随兴，最好是意料外的有惊无险，才是旅行之乐。

旅行是非常私人的事情。去哪儿，何时去；去多久，怎么去，一百个人或许会有一百个答案。我的这本流水账，拉拉扯扯，有一点形而上的思考，更多形而下的吃吃喝喝。如果能对想去日本旅行的朋友，尤其是对历史文化感兴趣的朋友规划线路时有一点帮助，就心满意足了。

既然是关于日本的旅行日记，自然会涉及到日本的一些人物、地方、历史事件；有人曾经建议做些注释，我想了一下，注释的深浅实在不好把握，就放弃了。现在资讯发达，网络搜索查询功能强大，读者如果对其中某些人地事有兴趣，不妨自己做一次文字旅行，也是一件乐事。

距离那次旅行已经过去了一年多，这期间的变化有：李香兰、高仓健这两位与中国有着很深渊源的日本人过世了；日元贬值了。

新井一二三女士、止庵先生都是与我相识多年的朋友。他们一个是用中文写作、堪称"中国通"的日本作家；一个是熟稔日本文学、日本"走透透"的学者。他们愿意拨冗写序，是对我的支持与鼓励，在此深表谢意。需稍作说明的是，新井女士序言里说我"在青岛吃海鲜长大的"；其实，在改革开放之前，即便是海边的青岛，每年能吃到的，仅仅是春节或者国庆节凭票供应的一人一斤冰冻海鱼。

这本书的出版，要感谢人民文学出版社，尤其是责任编辑陈旻先生，他毕业于北京大学日语专业，编辑过三岛由纪夫和大江健三郎等日本文学家的作品；编辑本书时，他给了许多有益的建议。美术编辑鲁明静女史，她的设计构思，使一本平淡的小书，变得雅致起来。特约编辑程忆南女史不仅做了认真的编校工作，还告诉我，日记里写到的日光民宿晚餐中的豆制品有一个专有名词，汤波；她也去过日光，吃得比我用心。

那次旅行得以顺利进行，还要感谢沈国威、李雪涛、李小敏、赵刚、小泉博之、夏蕾等朋友。对旅途中那些帮助过我，不知姓名的日本人，也要说一声"ありがとうございます"。

二〇一五年五月

图书在版编目(CIP)数据

东国十八日记/王瑞智著.—北京:人民文学出版社,2015
ISBN 978-7-02-011011-7

Ⅰ.①东… Ⅱ.①王… Ⅲ.①游记—中国—当代 Ⅳ.①I267.4

中国版本图书馆 CIP 数据核字(2015)第 145347 号

责任编辑　陈　旻
责任印制　苏文强

出版发行　人民文学出版社
社　　址　北京市朝内大街 166 号
邮政编码　100705
网　　址　http://www.rw-cn.com

印　　刷　北京瑞禾彩色印刷有限公司
经　　销　全国新华书店等

字　　数　100 千字
开　　本　787 毫米×1092 毫米　1/32
印　　张　5.25
印　　数　1—5000
版　　次　2015 年 8 月北京第 1 版
印　　次　2015 年 8 月第 1 次印刷

书　　号　978-7-02-011011-7
定　　价　38.00 元

如有印装质量问题,请与本社图书销售中心调换。电话:01065233595